DistelLiteraturVerlag

Jean-Bernard Pouy, 1946 in Paris geboren, nach dem Studium der Kunstgeschichte (Schwerpunkt Film) in diversen Berufen tätig, u. a. als Lehrer, Journalist, Lektor und Drehbuchautor. Sein erster Kriminalroman erschien 1983, mit seinem zweiten debütierte er 1984 in der «Série Noire» bei Gallimard, weitere folgten. Er bekam für seine Romane bisher u. a. die Preise: «Grand Prix de la Ville de Reims 1986», «Prix Polar 1989», «Trophée 813 du meilleur roman francophone 1992», «Prix Paul Féval 1996», «Prix Polar Michel Lebrun 1999».

Jean-Bernard Pouy

Engelfänger

Aus dem Französischen
von Elke Bahr

DistelLiteraturVerlag

Lektorat: Gudrun Gründken

Deutsche Ausgabe

Sonnengasse 11, 74072 Heilbronn
Die Originalausgabe erschien 1986
unter dem Titel «La pêche aux anges»
bei Éditions Gallimard (Paris)

Umschlagentwurf: Jürgen Knauer, Heilbronn
Druck und Bindung: Fritz Steinmeier, Nördlingen
ISBN 3-923208-57-X

Für Christian B.

1

Es war Nacht, und alles sah aus wie auf einer zu dunkel geratenen Fotokopie, der Himmel und das Meer gesättigt mit Graphitstaub bis in die kleinsten Elementarteilchen. Alles plätscherte dahin unter der dunklen Glocke des Firmaments, sachte wie lauwarmes Quecksilber.

Zwei gelbe Augen, das ungespiegelte Licht aus den Luken, deuteten auf ein Boot hin, allein inmitten der träge fließenden Wellen, deren tiefes Grau sich schwach gegen den Horizont abhob. Es war ein schnelles Boot, eine hochgezüchtete Rennjacht, die jetzt bedrohlich still dalag, versteckt in der undurchsichtigen Weite der hohen See.

Jérôme Kaspar warf einen Blick auf seine Quarzuhr, indem er leicht die Leuchttaste für das Zifferblatt niederdrückte. Rauchend stand er auf der Brücke seines Motorbootes und spähte hinüber zu dem reglosen Rumpf der Jacht, aus deren geschlossener Steuerkabine kein Laut nach außen drang. Von Zeit zu Zeit schaute er auf die Luke seines eigenen Bootes. Unter Deck, eingeschlossen in der kleinen Kajüte, betäubt von Beruhigungsmitteln, lagen die Kinder, niedergestreckt, und schliefen oder dösten vor sich hin.

Er war nur noch zweihundert Meter entfernt, stoppte den gedrosselten Dieselmotor ganz und wartete. Seine aufgerauchte Zigarette warf er ins Meer und zündete sich sofort eine neue an. Er mußte furzen vor Kälte und überließ es der nächtlichen Brise, etwaige üble Gerüche zu zerstreuen.

Mit einem erneuten Blick auf seine Armbanduhr stellte er fest, daß es genau zwei Uhr morgens war. Er pfiff dreimal kurz hintereinander. Vom Boot kam Antwort. Zwei Pfiffe. Er warf den Motor wieder an. Die Schiffsschraube wirbelte das Meer auf, die schweren Wogen wurden zu perlendem Mineralwasser.

Ein Bootshaken zog ihn dicht an den makellos weiß lackierten Rumpf der Jacht. Zwei Matrosen stiegen wortlos herunter zu seinem schaukelnden Boot. Sie öffneten die Deckluke, leuchteten mit einer Taschenlampe ins Bootsinnere, holten die drei schlafenden Kinder heraus und schwangen sie hoch auf das andere Boot. Wie tote Körper, dachte Jérôme Kaspar unwillkürlich. Bald werden sie ihren Geist aufgeben. Oder zu anderen Wesen werden. Aber ihm war es egal, Geschäft ist Geschäft. Und es bringt schließlich was ein.

Ein anderer Mann ist aufgetaucht. Die Schiffermütze sitzt ihm wie festgeschraubt auf dem Kopf. Jérôme kennt ihn, hat ihn schon in anderen mondlosen Nächten an Deck dieser Jacht gesehen. Er sieht aus wie alle Superreichen, die sich mit ihren schwimmenden Palästen in den Häfen der Côte breitmachen. Dieser reiche Mann betrachtet jetzt die Kinder, leuchtet eins nach dem anderen ungeniert mit der Taschenlampe ab; Lichtstrahlen, die in den verdrehten Augen der Kleinen nur ein schwaches Blinzeln bewirken. Und nun reicht ihm der reiche Mann wortlos ein Bündel Geldscheine. Mit angefeuchtetem Finger zählt Jérôme nach.

«Wie besprochen», sagt die Stimme von oben, «fünfzehntausend Francs pro Kopf... Ich hatte gesagt, Blonde. Aber es wird auch so gehen...»

Jérôme verstaut das Geld in einer Tasche.

«Am 10. also, zur gleichen Zeit. Mit einem anderen, einem blonden... Natürlich nur, wenn es sich machen läßt, aber es wäre schon gut... Man wird zwei Tage vorher mit dir Kontakt aufnehmen, wie üblich...»

«Nächsten Monat geht es nicht», antwortet Jérômes heisere Stimme.

«Und warum nicht?»

«Ich mache Urlaub. Mit meiner Frau. Zwei Monate. Muß zur Ruhe kommen und mich ein bißchen rar machen. Ganz Nizza ist in Aufruhr, die Zeitungen sind voll davon. Und man schließt sich schon zu Gruppen zusammen...»

«Laß sie doch. Das tun sie nur, um sich selbst zu beruhigen.»

«Nein, ich weiß schon, was ich sage. Schließlich arbeiten wir ja vor Ort...»

«Zu dumm», sagt der reiche Seemann, «wirklich zu dumm...»

In seiner Hand erscheint eine Pistole. Jérôme hat sie sofort gesehen. Trotz der nächtlichen Dunkelheit ist die Leichenblässe auf seinem fetten Gesicht deutlich zu erkennen. Er spricht, seine Stimme klingt nur schwach.

«Sie wissen genau, daß Sie sich auf mich verlassen können!»

«Ich weiß, ich weiß.»

Zwei Schüsse knallen. Jérôme Kaspars Kopf verändert sich. In einem ziemlich blutigen Sinn. In einem Krachen berstender Knochen. Sein Körper stürzt polternd quer über das Boot, seine Arme hängen schon im schwarzen Wasser. Einer der beiden Matrosen stößt ihm einen Bootshaken tief in den Rücken und zieht ihn dicht längsseits. Mit einer Axt in der Hand springt der andere Matrose hinunter auf den Fischerkahn. Nach zwei präzise geführten Hieben auf den hölzernen Bootsleib klimmt er wieder nach oben an seinen Arbeitsplatz.

Mit einem schwerfälligen Keuchen des Dieselmotors setzt sich die Jacht in Bewegung, wühlt das Wasser auf und entfernt sich. Im Wasser hängt der aufgespießte Körper von Jérôme Kaspar, brav folgt er dem Schiff, auf und nieder hüpfend unter dem wirbelnden Kielwasser.

Der verlassene Kahn wiegt sich leicht und sinkt langsam in die nasse Schwärze.

Nach und nach breitet sich unter dem sternenleeren Himmel wieder die Idylle einer mediterranen Nacht aus.

2

Hinter ihr rauschen die Kiesel; graue und weiße Steinchen, naß, abgewetzt, aufgewühlt, durcheinandergewirbelt von der See, von den blaßblauen morgendlichen Fluten. Sie sitzt auf dem Geländer, starrt vor sich hin und sieht leicht mitgenommen aus, weil sie nicht geschlafen hat. Überhaupt schläft sie schon seit sechs Monaten nicht sehr viel, nur wenn ihr Körper und ihr Kopf absolut danach verlangen, der eine nach einer tiefen Starre, der andere paradoxerweise nach dem Gegenteil. Sie friert und zieht ihre Jacke enger um den vom langen Tragen zerknitterten und schmutzigen schwarzen Seidenrock. Seit drei Tagen hat sie sich nicht gewaschen, ihre Kopfhaut juckt, und sie hat einen schlechten Geschmack im Mund.

Unbewegt schaut sie nach vorn zu dem Haus auf der gegenüberliegenden Straßenseite, einem recht schmucklosen Bau, wenn man von der großen staubigen Platane absieht, die sich direkt davor hochgearbeitet hat. Es ist acht Uhr morgens, immer mehr Autos kommen vorbei, aus Antibes in Richtung Nizza und umgekehrt. Sie nimmt die Fahrzeuge gar nicht wahr, nur als eine Art dahintreibender grauer Vorhang vor ihrem starren Blick auf das kleine Haus. Und auf den gelben Renault 5, der davor parkt.

Vor einer Stunde, auf ihrem Fußmarsch von Antibes, wo sie die ganze Nacht offenen Auges, immer auf der Hut und in gedämpftem Selbstgespräch durch die Straßen gelaufen war, hatte sie plötzlich den zitronengelben Wagen bemerkt und war zitternd stehengeblieben, wo sie war. Sie hatte ein kleines Heft aus der Tasche gezogen und die Autonummer notiert.

Seither wartet sie; erstarrt wie ein Haufen ranziges Fett, angespannt wie ein Bündel verkrampfter Nerven, vor sich hin schniefend, den Blick fest und schwer unter den stumpfen blonden Locken. Hinter ihr das Meer; unbeständig und regelmäßig zugleich schwillt es an und spuckt auf den sandigen Kies des Ufers. Vor ihr das Hin und Her der Wagen.

*
* *

Die Zeit vergeht. Die junge Frau kratzt sich am Ohr, wühlt in ihrer Tasche und zündet sich eine Zigarette an. Allmählich erwärmt sich alles unter der Sonne. Die Platane erscheint grüner, das Gelb des Renault ein wenig goldener. Leute kommen vorbei, mit der Zeitung in der Hand. Ein Fischer steigt hinunter zum Strand und rüstet seine Wurfangel.

Die Tür des kleinen Hauses hat sich geöffnet, zwei Frauen sind herausgetreten. Die große Brünette gibt der kleinen Dicken einen Kuß, geht zu einem weiter entfernt stehenden schwarzen Autobianchi und öffnet die Tür.

Die übernächtigte junge Frau auf dem Geländer notiert die Wagennummer. Der Schuhkarton auf Rädern startet dröhnend und braust in Richtung Nizza.

Plötzlich erhebt sich die junge Frau wie in einem Krampf, faßt sich gleich wieder und schaut schnell von rechts nach links, um die Straße zu überqueren: Tatsächlich, die Dicke geht auf den Renault zu. Dicht hinter dem Haus fährt soeben ein Zug vorbei, und die junge Frau schreckt zusammen. Sie hatte die Gleise vorher nicht bemerkt, der höllische Lärm läßt sie ein wenig zurückweichen.

Die dicke Frau im bedruckten Kleid öffnet die Tür des Renault 5. Auf ihrem Kopf thronen noch die Lokkenwickler. Über das Steuerrad hinweg schaut sie verwundert zu der Frau, die sich da drüben auf den Bürgersteig gepflanzt hat und sie fixiert. Eine Irre mehr, denkt sie vielleicht. Sie nimmt ihre Schlüssel und sucht unter dem Armaturenbrett nach dem gekerbten Schlitz des Zündschlosses. Sie hat zuviel Lippenstift aufgelegt.

Simone Kaspar dreht den Zündschlüssel um.

Im selben Augenblick fliegen alle Blätter von der Platane. Dann erstickt der Knall einer dumpfen Explosion jedes andere Geräusch. Der aufgeplatzte, brennende Renault hat sich in einen Feuerwerkskörper verwandelt. Aus den schmurgelnden Reifen steigt eine Rauchsäule.

Die entblätterte Platane wirkt etwas überrascht von ihrer plötzlichen Ähnlichkeit mit einem Affenbrotbaum.

3

So ein Mist: 14. Juli, Nationalfeiertag, und ich im Krankenhaus! Aber ich konnte es mir nicht aussuchen. Was ich habe? Ein Nagelgeschwür, völlig bescheuert. Einen Mittelfinger wie eine Aubergine.

Alles andere, der ganze Körper, funktioniert super, und nur wegen einer beschissenen Schwellung am Finger brüllst du vor Schmerz, denkst an nichts anderes und hältst deinen Finger den ganzen Tag unter den Kaltwasserhahn. Ist wie mit Zahnschmerzen, man geht nicht dran kaputt, aber man muß dauernd dran denken. Hast den Kopf in der Zange, direkt hinter den Ohren.

Kurzum: Am 12. – ich nichts wie ab in die Klinik, weil ein Kumpel behauptet hat, in einer Woche wär ich meinen Finger los, vielleicht sogar die Hand oder den Arm. Kreisch! Ich also in die Notaufnahme, meinen Finger voran. Im Korridor jede Menge Leute mit Gesichtern wie drei Tage Regenwetter. Ein Typ voller Blut, dem doch tatsächlich ein Auge raushängt. Kaum haben mich die Krankenschwestern gesichtet, geht's, hopp!, ab durch die Mitte. Ich kann ja warten, sag ich, den andern geht es doch viel dreckiger. Nützt nichts. Wär nicht mein Bier, krieg ich als Antwort, ich wär schließlich kein Arzt. Großes Abhorchen, Röntgen von Kopf bis Fuß, die Narkoseschwester will wissen, ob ich rauche oder gegen irgendwas allergisch bin und, bang!, hör ich, ich soll unters Messer. Mit Vollnarkose, weil sie mir unbedingt an den Nervenenden herumzerren müssen. Da hatte ich schon Muffe, mir haben die Gräten ganz bös gezittert. Drei Stunden später werd ich – nackt wie ein Engerling – auf dieser Karre in den OP gerollt. Unter das bleiche Licht. Ich hör das Klicken der Bestecke in den Metallschalen und denk natürlich sofort an den einen Typen von tausend, der unerklärlicherweise bei der Narkose wegbleibt. Ich bequatsche die Sache mit den Grünkitteln und höre, daß ich unheimlich Schwein habe, weil mich «Baba Cool» höchstpersönlich einschläfern wird. Als so ein lockerer Hippie mit Brille und Krauskopf aufkreuzt, frag ich mich im tiefsten Innern, ob das wirklich ein Glücksfall ist. Er zieht seine Spritzen auf und klopft mir auf der Hand herum, um meine Vene zu suchen. Ohne Vorwarnung sticht er zu.

«Na, heb ich jetzt ab? Mit Penthotal?» frag ich, etwas hektisch.

«Aber nein!» sagt er ungerührt. «Cool bleiben, ganz cool!» Tatsächlich geht es mir auf einmal unheimlich gut, ein echt starkes Feeling wie noch nie. Alles um mich herum sieht aus wie im Paradies. Die Macker sind schön und lächeln. Und die Mütter wie von Botticelli. Ich bin irre gut drauf, und von meinem kaputten Griffel fühl ich nichts mehr. Das totale körperliche Glück – ein federleichtes Knochengerüst in mir und unter mir kein Operationstisch, sondern eine Wanne voll Grieß ... In diesem Moment sticht er wieder zu, und weg bin ich.

Vor Schmerzen heulend und mit einem Verband um

den Finger bin ich wieder zu mir gekommen. Als erstes hab ich mal nach Weißwein gebrüllt – logo, hier gab's sicher nur den rosa Fusel von Bandol. Die ganze Schau vor einer Krankenschwester, die mich spöttisch anguckt. Ich bin schlagartig zu mir gekommen und hab mich erst mal abgeregt. Eine Schwester aus dem Bilderbuch, eins der schönsten Mädchen meines Lebens, *die* Traumfrau! Eine Mischung aus Karibik und Fernost, neben der jeder Filmstar alt aussieht... Was hatte die hier verloren, warum schob sie Notdienst, wo sie doch... Kurz und gut, soviel zu gestern.

Heute ist der 14. Juli. Draußen geht's gleich ab mit der Parade. Hier drinnen Stille, wenig weiße Kittel und wenig Kranke. Man geht ein vor Hitze, alle Fenster und Türen stehen offen, damit es wenigstens aussieht nach etwas Durchzug.

Mir geht's schon wieder gut, aber man hat mich noch hierbehalten. Öde, ich weiß nicht, was ich machen soll. Also lauf ich ein bißchen herum. Die Oberschwester, Madame Calzada, ist ein richtiger Gendarm, wenn sie einen nicht gerade mit ihrer Fürsorge nervt. So ein Typ, der einem die Hosenknöpfe wieder annähen will, weil es mittags Bohnen gegeben hat. Treibt einem doch die Tränen in die Augen. Außerdem macht sie sich immer über mich lustig, wenn sie mir die antiseptische Lösung auf meinen Finger träufelt und ich mich im Bett vor Schmerzen krümme.

«Wie würden Sie sich erst anstellen, wenn das Geschwür ganz woanders wäre?»

«Keine Sorge», antworte ich, «ich laß meine Geschwüre nicht überall rumwuchern ...»

Sie nennt mich den «Philosophen», seit sie mich nach dem Buch gefragt hat, in dem ich immer lese. Wittgenstein. Dabei fällt mir ein Spruch aus diesem Traktat ein, der meine Situation treffend beschreibt: «Wovon man nicht sprechen kann, darüber muß man schweigen.» Ich hab mit grüner Tinte hinzugefügt: «Wenn man nicht mehr schweigen kann, spricht man – und das ist, als ob man noch mehr schweigen würde.»

Die Traumfrau läuft mir übern Weg. Stumm, jedenfalls beinahe. Ich muß mich verdammt krank gefühlt haben am ersten Tag, sonst wär ich wohl ausgerastet, als sie mich aufforderte, mich auszuziehen und in diese Art Nachthemd zu steigen, die Dinger, die man von vorne anzieht und die hinten offenstehen. Was soll's, hab ich mir gesagt, das ist ihr Job, solche Sachen sieht sie jeden Tag. Aber dann hat sie mir das Hemd hinten zugebunden, ihre Hände auf meinen Hüften... Ruhig bleiben, ganz ruhig.

Draußen also großer Auftrieb von wegen Nationalfeiertag, aber hier drin geht nichts ab. Tote Hose. Im Zimmer nebenan liegt eine Concierge. Hat eines Tages im vierten Stock das Flurfenster geöffnet und sich tief deprimiert mitsamt ihrem Besen hinausgestürzt. Unglücklicherweise (für sie) und glücklicherweise (für ihre Gattung) ist sie auf den Mülleimern gelandet. Hat sich nur zwei Rippchen gebrochen. Und mit einemmal kreuzen die ganzen Mieter auf, bringen ihr Pralinen, Kuchen, den neuesten Bestseller von Régine Deforges und jammern: «Aber Marcelle, das tut man doch nicht! Da sagt man doch was! Darüber spricht man doch mit uns!» Diese Idioten, die sie tagtäglich wie einen Fußabtreter behandeln und ihr nicht mal zu Neujahr hundert Mäuse zustecken... Alles verlogene Schwätzer, wie beim Fernsehen. Und sie, diese Marcelle, sie schweigt und schaut sich ihre Pappenheimer mit sehr hellen Augen an.

Der Patient auf Nummer 22 muß Jugoslawe sein. Hab seinen Namen gelesen. Irgendwas, das mit «vic», sprich: «witsch» aufhört. Der Knabe hat vier hübsche runde Löcher in der Brust, darüber kreuzweise Heftpflaster. Dasselbe auf seiner Rückseite. Hab ihn in aller Vorsicht gebührend bewundert mit der Bemerkung, «sie» hätten wirklich gut gezielt. Darauf hat er mit schwacher Stimme geantwortet, er habe selbst geschossen. Hab mich schnell verdrückt und mich halbtot gelacht. Milieu bleibt Milieu. Kumpels verpfeift man eben nicht, auch dann nicht, wenn sie einem eine 11/43-Ladung voll in die Gulaschwanne dröhnen.

Und heute morgen, so gegen neun Uhr, schießt Madame Calzada wie eine Rakete auf mich zu und scheucht mich in mein Zimmer. Das bedeutet: Tragbahre im Anflug. Irgendein Neuzugang wird bald wissen, was Schmerzen sind. Und Tatsache, vom andern Flurende saust schon das Bett auf Rädern heran. Drauf eine junge Frau, sehr hübsch. Ich erkenn gerade noch ein schönes Gesicht, schmerzverzerrt, und blonde Locken. Außerdem hat sie einen zarten Oberkörper mit kleinen Brüsten und einer total blauen Schulter. Hat schwer eins draufgekriegt, die Alte. Man bringt sie auf Nummer 23. Kurz darauf kommt die Calzada rein wie ein feuerspeiender Drache und will meinen Verband wechseln. Ich plaudere mit ihr, wie immer, wenn ich mich von den tierischen Schmerzen am Finger ablenken will. Reizende Sachen erfährt man da aus der Notaufnahme. Beispielsweise über die schöne Dame von Nummer 23. Kommt die doch irgendwo bei Antibes ausgerechnet in dem Moment an einem Auto vorbei, als das Ding explodiert, und die Mutter fängt sich eine Autotür voll auf die Schulter. Ergebnis: Schock, Bluterguß, aber nichts Ernsteres. Das

Leben ist voller Wunder, und der Zufall ist eine Totgeburt – eine Randbemerkung von mir zu Wittgenstein, wo er sagt: «Die Welt ist abhängig von meinem Willen.»

Am Nachmittag hab ich wieder meine Runde gedreht in den trostlos leeren Gängen dieser beschissenen Pflegebatterie. Immer auf der Suche nach der Traumfrau, man kann ja nie wissen. Bin dabei an der offenen Tür zur Nummer 23 vorbeigekommen. Die junge Frau saß aufrecht und starr in ihren Kissen und sah mich an. Ich bin einfach reinspaziert.

«Na, geht's besser?» hab ich gefragt.

Sie hat mich gemustert, nicht besonders begeistert, und wohl nach einer passenden Antwort gesucht. Dann hat sie den Kopf zum Fenster hin gedreht und angefangen zu weinen.

Ganz still. Also wirklich! Ziemlich verdattert hab ich mir das eine Weile angesehen, dann bin ich in mein Zimmer, um eine Zeitung zu holen. Hab sie ihr hingelegt und gesagt:

«Hier, das wird Sie auf andere Gedanken bringen ...»

Sie hat den *Nice-Matin* nur müde angeguckt. «Haben Sie nichts anderes?»

«Doch schon. Aber ...»

Ich wieder in meine Bude und ihr den Traktat von Wittgenstein geholt, das Exemplar mit den persönlichen Anmerkungen.

«Da, nehmen Sie», hab ich gesagt, «das ist Philosophie, behauptet man ... Für mich ist es was anderes ...»

Sie hat gelacht.

«Und überhaupt», hab ich weitergelabert, «gute Bücher machen die Dummen noch dümmer, die Klugen noch klüger – und auf die große Mehrheit überhaupt keinen Eindruck...»

«Das ist schön gesagt ...»

«Nur leider nicht von mir ... Um genau zu sein: Ist ein Zufall, dieses Buch. Hab's auf 'nem Flohmarkt gefunden, mitten in Krimis. Zuerst dacht ich, es wär von einem Zigeuner geschrieben. Wittgenstein könnte nämlich gut ein Zigeunername sein ... ich bin übrigens auch Zigeuner, und seit ich über diesen verdammten Österreicher gestolpert bin, diesen Logiker, seitdem ... seitdem schlaf ich damit. Ich versteh zwar nicht alles, aber es macht mich echt an, es drückt so viele Sachen aus, die ich selber denke ... Ich leih's Ihnen ... Sie müssen es aber zurückgeben ...»

Sie hat die Augen geschlossen, das Buch in ihrer Hand.

Ich hab mich still verdrückt. Draußen im Gang bin ich dann stehengeblieben. Wie angewurzelt. Dieses Mädchen kannte ich doch! Aber woher?

Ich stand wie angewachsen mitten auf dem dunklen Linoleum und hab nachgedacht. Lange.

Wo hatte ich sie schon gesehen?

Zufrieden bin ich schließlich zurück in mein Zimmer. Endlich was zu tun für den Rest des Tages. Mußte doch rauszukriegen sein, wo das gewesen war.

Ich hab mir mein Heft geschnappt und was zum Schreiben.

4

Nachts von ihr geträumt.

Nach dem Frühstück (angegrautes Brot und kaffeebraune Pisse) bin ich aufgestanden und zu ihr rüber. Zimmer 23 war unberührt wie ein frisches Laken, das Bett frisch bezogen, weiß und glatt, der kleine Rolltisch aus Kunststoff stand ordentlich im Eck. Madame Calzada hat mich aufgeklärt: Die junge Frau hat einen Entlassungsschein unterschrieben und ist auf eigene Verantwortung schon frühmorgens auf und davon. Und MEIN BUCH? hab ich gefragt. Sie hat mich angeguckt, als hätt ich ein Rad ab, und mir geraten, mich abzuregen, sonst gäb's 'nen Schuß. Auf die gleiche nette Weise hat sie mir erklärt, daß ich ebenfalls heute entlassen werde ...

VERDAMMTE UNZUCHT, mein Buch! Mit den Anmerkungen aus eigener Hand! Mit meinen Ideen, meinen Geistesblitzen ... Mit allem. Geklaut. Dieses Miststück! Ich mußte unbedingt auf den Namen kommen, der zu diesem Gesicht gehörte. Auf die Tante selbst konnt ich gut verzichten, aber mein Wittgenstein – das war zuviel. Ich kann mir nicht leisten, meine wenigen persönlichen Sachen einfach so zu verlieren oder sie mir ganz gemein klauen zu lassen. Es gibt wirklich unverschämte Leute. Wenn sie mir meine Klamotten klemmen – ist mir egal. Meine Illusionen – hab sowieso keine mehr. Mein Auto – hab ich schon gar nicht. Aber meine Bücher! Das ist oberlink.

Mutter Calzadas Blick sah gar nicht gut aus. Hab ihr also ein Abschiedsbussi gegeben und mich zum Abflug fertiggemacht. Hinaus in die Frische dieses 15. Juli. Der 15.! Die Kontrolle… Ich stehe nämlich unter Aufsicht der Justiz, muß alle zwei Wochen bei der Polente strammstehen, um ihnen die Spurenelemente meiner Jobsuche, die Zeichen meiner guten Führung und die Bußfertigkeit meiner geläuterten Einstellung zu demonstrieren. Ich muß ihnen beweisen, daß ich jetzt, mit meinen 28 Jahren, kein junger krimineller Hüpfer mehr bin, daß ich mich endlich um meinen Sohn kümmere etc. etc. Die Jungs sind eben immer wachsam, ich bin ja schließlich ein Roma, ein Zigeuner. Auch wenn ich nicht Gitarre spiele oder Geige, auch wenn ich keine Fußmatten flechte und mit dem Gießen von alten Bratpfannen nichts am Hut habe. Logo, vor dem Gesetz sind alle Menschen gleich, nur wir nicht. An ordentliche Papiere zu kommen, Franzose zu werden, zur Schule zu gehen oder einen Job zu finden – für uns ist das ein modernes Martyrium. Man kann nur auf «Bakht» hoffen, auf Glück.

Scheiß drauf, ich geh nicht zur Kontrolle. Werd dort anrufen, dann kommt *Inspecteur* Pollet eben zu mir. Kann sich ruhig auch mal auf die Socken machen, diese Null. Blödsinn, ich spinne: Er ist wirklich RELATIV in Ordnung, hat immerhin so einiges gecheckt, ohne viel Wind drum zu machen.

Alles klar. Meinen Witt kann ich erst mal abschreiben, mein Finger beißt mich immer noch, und ich komm einfach nicht drauf, wo ich sie schon mal gesehen habe, diese Alte.

*
* *

Als ich aus der Klinik rauskam, hatte ich ein Gefühl, als käm ich in einen Backofen. Scheißspiel, so ein Sommer. Unter dem Verband tat es verdammt weh und ich beschloß, zu Fuß nach Hause zu gehen. Runde zehn Kilometer von Antibes nach La Colle, würde mir guttun. Immer hübsch langsam. Die Sonne brannte echt brutal, und all die Leute um mich rum machten mich total besoffen. Der Übergang von einem fast leeren, leisen, kühlen und blitzblanken Ort in dieses Getümmel aus Lärm und Grünzeug ist eben ein schwerer Schock.

Ich hab mich auf eine Bank gesetzt, um wieder ein bißchen zu mir zu kommen. Immer mit der Ruhe. Gegenüber ein Laden für TV. Lauter Fernseher *in action*: komisches Gefühl, da plötzlich wieder reinzuplumpsen, in diese Fernsehphantasien von einer total sonnenbraunen Welt, die sich zweidimensional totlacht.

Das Leben hatte mich wieder, ich war mittendrin im Gefühl, daß einem alles über den Kopf wächst.

Bin dann aufgestanden und weitermarschiert. Und mit einemmal stehengeblieben. Blitzartig war mir die Erleuchtung gekommen. Ich im Trab zurück, die Nase ans Schaufenster und wie ein Irrer die Bildschirme abgesucht. Der Mensch ist nur ein armer Erdenwurm, aber wundersam und verschlungen sind die Pfade, in denen er seine Erinnerungen versteckt und speichert. Eben war mir eingefallen, woher ich sie kannte, die Mutter, die mir den Witt geklaut hatte. In der Glotze hatte ich sie gesehen! In den Nachrichten, in Tränen aufgelöst. War ziemlich lange her. Genau wußt ich es nicht mehr, aber mindestens sechs Monate. Ihr Kind war verschwunden, und sie flehte, es ihr zurückzugeben. An einen Unglücksfall hat sie nicht geglaubt. Es war furchtbar anzusehen. Am meisten hat mich geschockt, daß ihre blonden Locken ganz klebrig waren von Schweiß und Angst. Nun gut, das war es also. Leichte Übung, sie zu finden.

Mir ging's entschieden besser.

Hab mit der Polente telefoniert und hab den Kranken gemimt, schließlich hatte ich Beweise. Sie haben mir mitgeteilt, daß man mich zu Hause aufsuchen würde, in Lescours. Endlich eine Gelegenheit für die Typen, das Lager mal von nahem zu sehen. Auf Zigeuner sind sie immer ganz scharf, auch wenn die schon seit fünfzehn Jahren da leben und total seßhaft geworden sind. Darin sind die Bullen genau wie Soziologen: Sie betrachten das Seßhaftmachen nicht als Sieg. Früher hatten sie es leichter mit Zigeunern. Wenn man sie nicht haben wollte, her mit der Mistgabel, und, hopp!, weg mit ihnen. «Avri», wie man bei uns sagt. Aber jetzt wohnen die Zigeuner in Baracken, haben das Land aufgekauft, das keiner haben wollte und für das sich die Grundstückshaie heute die Eier abhacken ließen, wenn sie es zurückkaufen könnten, das Terrain. Dummerweise fühlen wir uns wohl da, mit unseren Hunden und unseren Pferden.

Trotzdem... Es muß im Blut liegen oder am Lebensstil, daß ich mich eigentlich nirgendwo so ganz zu Hause fühle. Ich hab die Schule besucht, das Abi gemacht – das war ein Fest! Danach ein bißchen rumstudiert. Eine Ochsentour, bringt nichts. Mit der Arbeit dasselbe – null. Keinen Bock drauf, Schrott zu verscherbeln wie die Alten. Ich kann sie echt nicht ab, diese Jobs und das blöde Kohleraffen, mit dem ich mir nur die Bekanntschaft mit den großen Augen des Richters und die Wonnen der polizeilichen Überwachung eingehandelt habe. Weil man mich für einen ganz Ausgeschlafenen hält, für einen «Intellektuellen», und weil Gegenden wie diese nach Typen wie mir förmlich schreien. In Wirklichkeit hab ich nur Leute aufs Kreuz gelegt, die noch größere Schlitzohren waren als ich. Und außerdem liegt es in der Familie. Papa klaut und Mama schummelt.

5

Sie ist lange gelaufen. Wie von einem Magneten angezogen, ist sie dahin zurückgekehrt, wo am Morgen eines anderen Tages ein neuer Baustein ihrer Welt einstürzte. Wo ein Stück Blech sie getroffen und gewaltsam in die «Normalität» befördert hat. Die Normalität einer Klinik, die sie soeben auf eigene Verantwortung verlassen hat, die Normalität einer Polizei, bei der man sie für einen Pechvogel hielt, der zufällig an einem explodierenden Auto vorbeikam.

Irrtum, sie hatte auf dieses gelbe Auto gewartet. Wie auf die anderen, die sie seit einem Monat rund um Nizza verfolgte, observierte, deren Insassen sie eingehend musterte und von denen sie schließlich intuitiv wieder abließ. Mehrere Male hatte sie sogar einen Wagen geliehen, um den gelben Autos leichter folgen zu können. Und jedesmal hatte sie nichts weiter entdeckt als das übliche Hin und Her zwischen Arbeitsplatz und Wohnung und freitags Kino und Pizza.

Als sie den gelben Renault 5 gesichtet hatte, richtete sie sich erneut darauf ein, die Verfolgung aufzunehmen und zunächst einmal festzustellen, wem er gehörte und was dahintersteckte.

Und dann explodiert das Auto. Jetzt ist sie sicher, daß es das gesuchte gewesen sein muß. Der gelbe Wagen, den mehrere Zeugen in der Nähe der Stelle gesehen zu haben glaubten, wo Lionel verschwunden war. Lionel, ihr kleiner Sohn.

Sie hat wieder angefangen zu weinen. Und wieder sitzt sie, wie an jenem anderen Morgen, auf ihrem Platz gegenüber dem kleinen schmucklosen Haus. Wieder denkt sie an Lionel, und das Meeresrauschen hinter ihr verstummt wie das Gekreische der Badenden. Sie denkt an die Lücke, die ihr Sohn hinterlassen hat, an diese Art Abwesenheit in ihrem Innern. Da ist kein Loch, keine klaffende Wunde, kein gähnender Abgrund, wie es bei Psychologen wohl heißen würde, nein, es war eher ein Schmerz in den Gelenken, in den Armen, ein Einsinken der Brust, ein Krampf, ein heiseres Krächzen im Kopf. Und dann die Tränen. Bei ihr, die früher nie geweint hatte… Jetzt floß es von allein, unvermutet, wie aus einem Becken, das sich immer wieder mit Verzweiflung füllt und in Schmerzen leert.

Allmählich dringt das Rauschen der Brandung in ihr Bewußtsein. Auch das Gebrüll der Urlauber und der Schmerz in ihrem Rücken. Sie lächelt vage bei dem Gedanken, daß ihre Schulter genauso blau ist wie das Meer.

Vor ihr, auf der versengten Straße, ist nichts mehr zu sehen außer ein paar undeutlichen schwarzen Spuren. Das Wrack des Renault 5 ist entfernt worden. Sie steht auf, geht auf das schlichte Haus zu und bemerkt die Amtssiegel auf dem Schloß. Ansonsten kein Wachtposten. Die Untersuchung findet woanders statt. Zweifellos höheren Orts.

Verzweifelt blickt sie hinüber nach Nizza. In der Ferne erkennt sie das helle Gelbbraun der in Kurven verlaufenden Pyramiden von Marina Baie des Anges. Und noch ein Stück weiter den begrünten Streifen der Promenade des Anglais. Dorthin wird sie gehen. Sie muß von neuem umherlaufen, lauern, warten. Einen schwarzen Autobianchi aufspüren. Das ist ihre einzige Fährte, der dünne Ariadne-Faden, der sie vielleicht auf die Spur ihres Sohnes führt, eine winzige, schwache Spur, deren Geruch schon verfliegt. Wie der ihres Sohnes, sein Schlafgeruch, leicht herb beim Aufwachen. Und dann – seine schmutzigen Knie, sein zerzaustes Haar und seine durchdringende Stimme, die nur noch schwach in ihren Ohren klingt.

Ihr bleibt nur noch eins: sich anzuhängen wie eine Klette.

6

Hundemüde war ich, als ich in Lescours ankam. Hat mir echt Auftrieb gegeben, das Tal wiederzusehen, das feuchte, grüne – ungefähr so blaugrün wie das Meer –, in dem sich seit über zwanzig Jahren der Stamm niedergelassen hat. Vorher gab es hier nur Sumpf, und als die Roma den matschigen Boden und die verlassenen Moore mit ihrem Teppich aus Stechmücken kauften, da hat keiner gemeckert. Inzwischen grassiert überall die Baupest, und den Schnurrbart-Heinis von Hausbesitzern wie dem großen Macker Ricard ist das Zigeunerlager mit seinen Wellblechbuden und Baracken, seinen Pferden und Hunden in unmittelbarer Nachbarschaft ihrer klassischen Trauerweiden ein Dorn im Auge.

Aber zu spät. Wir haben gekauft, wir sind Eigentümer, und jetzt seid ihr angeschissen. Es herrscht Status quo mit den Anliegern, die ihre Bunker mit Alarmfallen bestücken, und mit den anderen, die unheimlich stolz verkünden: Es gibt sogar ehrliche Zigeuner! Logo, an unserer Ehrlichkeit gibt es nichts zu rütteln, dafür sind wir bekannt: «kaufen» heißt «kin» in der Zigeunersprache, und das ist ein wichtiges Wort. Wir sind ganz verrückt aufs Kaufen, kein müder «gãjo» glaubt mehr an unser Image vom Spitzbuben.

Zoltan hat mich als erster gesehen.

So einen superblonden Sohn zu haben – das bringt mich jedesmal völlig aus der Fassung, und seh wieder seine Mutter vor mir. Heißt passenderweise auch noch Claire*, das Miststück. Wo die jetzt wohl steckt? Macht sicher einen Studienkursus in den Cevennen, irgendwas in der Richtung Psychologie und Karma des Töpferns. Sie hat uns schnöde verlassen nach der Geburt des Kleinen, konnte das Sippenleben nicht ertragen. Ich versteh sie, hab es selbst schwer genug gehabt, damit man sie akzeptiert. Erst als sie schwanger wurde, hat die Familie sie aufgenommen: Ein Kind, das ist was Heiliges. Nach ihrem Abflug hat es wieder von vorn angefangen: Alle wollten nach ihr suchen und sie an den Haaren zurückschleifen.

Ich mußte schwere Geschütze auffahren, nach dem Motto: sie ist und bleibt eine «gãjo», und: wenn ihr es auf die Spitze treibt, holt sie sich auch noch den Kleinen. Das hat gereicht. Sofortiger Abbruch der Kampfhandlungen. Der Kleine, der gehörte zu UNS.

Und dieser Bengel ist das absolute Gegenteil von mir. Hat sich zwar an der Schule angemeldet, aber wenn er sich einmal in der Woche da blicken läßt, ist es verdammt viel. Er ist zehn Jahre alt, treibt sich herum und heckt Blödsinn aus. Und mit wem? Mit seinem Großvater, dem König der Lumpensammler. Kann man nichts machen, die Familie hat ihn unter die Fittiche genommen, sieht in ihm den wiederauferstandenen Nomaden,

---

* Clair,e = hell, klar.

das Blut der Väter, die Rückkehr zu den Ursprüngen – auch wenn er so blond ist wie ein Weizenfeld und nur ein «păs-rat», ein Halbblut.

Hab ihn auf die Stirn geküßt. Macht sich väterlich.

«Na?» hab ich gefragt.

«Pah ... Der Opa ist in Cagnes ... Ich geh auch hin ...»

«Und worum geht's diesmal?»

«Eine Werkstatt ... Gibt Minimum eine Tonne, die Nägel da drin ...»

«Bloß nicht! Die wollt ihr doch wohl nicht hier anschleppen?»

Er ist abgehauen, hat sich auf ein Fahrrad geschwungen. Geländegängige Ausführung, sieh mal an. Offenbar eine Neuerwerbung.

«Komm nicht zu spät nach Hause!» hab ich gebrüllt.

Väterliche Autorität muß sein ... Nägel also ... Eine ganze Tonne!

Ich hinein in meine Bude. Auf die bin ich echt stolz. Hab sie selbst gebaut unter Einsatz des väterlichen Talents als Beschaffer von Alteisen. Wahre Wunder kann man vollbringen mit einem guten Schneidbrenner. Der Hauptteil der Baracke besteht aus einem alten Saviem, einem Bus ohne Räder, daran hab ich eine Umkleidekabine vom Bau geschweißt (das ist die Küche), Reste von einem Fischdampfer (das Badezimmer), einen Lieferwagen von Renault, in zwei Teile geschnitten (das Scheißhaus). Quer über dem Bus haben wir als Schlafzimmer nebeneinander zwei Wassertanks angebracht. Dann alles lackiert. Schrille Farben, versteht sich. Macht sich irre kalifornisch, unter den Bäumen. Marke Heimwerker auf dem LSD-Trip.

In meinem Saviem *Inspecteur* Pollet. War schon zur Stelle und eben dabei, sich in meine Bücher zu knien.

«Liest du das, das alles?» hat er mich gefragt, ohne mich groß zu begrüßen.

«Ach, wissen Sie, wenn man die Buchstaben auseinanderhalten kann, kann man eigentlich alles lesen ...»

«Ja, schon, aber ... das ...»

Er zeigte auf die paar Philosophieschinken, die in einem Haufen auf der Kante eines Gepäckständers lagen, der mir als Regal diente. Alles Bücher von Witt.

«Also, dieser Wittgenstein, das war ein Anglo-Österreicher, der gerne Geschirr spülte ... Einmal hat er gesagt: ‹Es ist, als könnten wir plötzlich einen Blick in das Innere dessen tun, das wir bisher nur von außen gesehen haben ...› Das trifft im Augenblick ungefähr auf Sie zu.»

Etwas befremdet hat er mich angesehen und sich schließlich durchgerungen, einen philosophischen Konterschlag abzugeben:

«Nun ... Schließlich und endlich ... Jeder ist frei ...»

Er peilte auf meinen Fingerverband:

«Geht's inzwischen besser?»

«Die hätten mir beinah die Hand amputiert.»

«Und – hast du dir das beim Arbeiten geholt?»

Da haben wir's, hab ich mir doch gedacht, das Thema Job. Die Schleusen sind geöffnet, jetzt kommt die Flut.

«Nein, das war beim Rausreißen der Disteln ...»

«Bei der Schwarzarbeit?»

«Nein, hier, hinter der Baracke.»

Er hat einen Seufzer von sich gegeben.

«Na schön, du weißt, was das ist, eine gerichtlich angeordnete Überprüfung. Ich muß kontrollieren, was du tust, was aus dir wird und ob du dich anständig aufführst ... Hast du Arbeit gefunden?»

«Ja.»

«Ein Wunder! Und wer ist der arme Irre, der Menschenfreund, der Ahnungs- oder Gesetzlose oder der große Wohltäter, der dich eingestellt hat?»

«Die Metropol-Versicherungsgesellschaft. In La Colle.»

«Und was machst du da?»

«Ich werbe Kunden.»

Er hat sich gekratzt. Unterm Arm und am Kopf. Dann hat er seine Finger abgerochen.

«Gut. Nun, dann werden wir uns das mal zusammen ansehn.»

«Vertrauen ehrt.»

Mußte finster grübeln, als ich die Tür öffnete. Wegen der faustdicken Lüge. Aber ich hatte null Risiko. Der Versicherungsmacker gehörte zu unserer Clique, war ein echter Kumpel. Stéphane Harlette. Der würde einen Riesenspaß haben, wenn er mich mit einem Bullen anrücken sah, denn vor solchen Spezies hatte der noch lange keine Muffe. Mit denen kennt er sich aus. In jungen Jahren war er nämlich total auf die Linken abgefahren, Marke «Alle in die Fabrik» und «Nieder mit den Bullen». Später hat ihm dann sein Alter aus der Scheiße der siebziger Jahre geholfen und ihn in seiner Kanzlei untergebracht. Er hat den Job angenommen, voll zufrieden, daß er es nicht wie die anderen Ex-Revoluzzer machte, die als Lehrer, Erzieher, Um-Erzieher, Um-Um-Erzieher in den Staatsdienst gegangen und damit wieder auf den rechten sozialen Pfad umgeschwenkt waren.

Immerhin gab es ja noch ihn, um der bürgerlichen Klasse das Geld aus den Taschen zu ziehen, der Großbourgeoisie wie dem mittleren, kleinen, niedersten und auf jeden Fall immer an der Côte herumlümmelnden Bürgertum. Nachdem er so den Umsatz ums Zehnfache steigerte, hat sein Vater den Laden an ihn verkauft, sich aus dem Geschäft zurückgezogen und plötzlich und unerwartet den Löffel abgegeben. Und nun hat Harlette vor kurzem erst festgestellt, daß ihm sein Alter Geld abgeknöpft hat für einen Laden, der mit 400 000 Mäusen im Keller steht. Natürlich hat er sich grün und blau geärgert (vom eigenen Vater aufs Kreuz gelegt zu werden!), unterm Strich fand er es aber mehr zum Lachen (von wegen Erbmasse). Aber abgesehen von seinen Aktivitäten in Sachen Profit durch Unterwanderung, war Harlette der hellste Kopf im Viertel. Eben ein Kumpel.

Die Dienstschleuder von Renault war inzwischen vor dem Bau der Metropol gelandet. Harlette stürzte gerade heraus, in Schweiß gebadet, sein Fett eingezwängt in einen grellblauen Anzug. Er hatte sofort geschnallt, womit sich mein Begleiter hauptsächlich beschäftigte, nahm die Hände hoch und rief:

«Ich bin unschuldig!»

«Stéphane Harlette? Sind Sie das?»

«Ja ... Ich gelobe es!»

Der Bulle schien allmählich etwas angeödet.

«Versichern Sie mit Ihrem Ehrenwort, daß Sie den hier anwesenden Monsieur Zoj Werstein bei sich beschäftigen?»

«Durchaus.»

«Sie wären also notfalls bereit, uns Beweisstücke für sein Arbeitsverhältnis zur Verfügung zu stellen, Fotokopien seines Lohnstreifens ... und so weiter?»

«Sofort, wenn Sie es wünschen ... Haben Sie übrigens eine Pensionsversicherung? Weil ... Bei der Polizei werden Sie mit fünfundsechzig nicht gerade auf Rosen gebettet sein, oder? Reicht wohl gerade für eine kleine

Vorstadt-Gartenlaube, mit drei Salatköpfen und einer Reihe Stangenbohnen.»

«Sie werden der Behörde also eine Arbeitsbescheinigung zuschicken ...»

«Eine Lebensversicherung werden Sie in Ihrem Job wohl schon haben. Aber da werden wir uns schon einigen, ich kann Ihnen eine andere anbieten... Sind Sie verheiratet?»

Bevor der Bulle auch nur ansetzen konnte zu einer passenden Antwort, brüllte Harlette schon wieder tierisch los:

«Also gut, ich muß jetzt. Werd erwartet von einer Jacht mitsamt Papa, Mama, den lieben Kleinen, der Katze, dem Papagei, dem Magnetoskop, den Juwelen und dem ganzen übrigen Kram. Denen werd ich eine Reiseversicherung unterjubeln, daß die ganze Metropol mit draufgeht, wenn die sinken!»

Nachdem er das alles ausgespuckt hatte, schoß er ab wie eine Rakete, seine Ray-Ban-Sonnenbrille schief im Gesicht, und hinein in ein Peugeot-Cabrio, Farbe Pipigelb mit leichtem Einschlag von Nierenentzündung.

«Wenn das ein Dauerzustand ist bei dem, wird er's kaum schaffen bis ins Rentenalter...» brummelte der *Inspecteur* und klemmte sich wieder in seinen R 14.

Er öffnete sein Fenster und fragte: «Soll ich dich heimbringen? Woll'n wir uns einen genehmigen...?»

Noch mal die Tour in dieser Kiste, und ich hätte gekotzt wie ein Reiher. Außerdem ging mir seine Duzerei auf den Nerv. Für heute war ich echt bedient.

«Nein, danke. Da ich schon mal hier bin, werd ich ein bißchen arbeiten.»

Er mußte herzlich lachen.

«So ist's brav!... Arbeite schön!... Sag mal, dein Sohn... sollte sich wohl besser nicht so viel rumtreiben... Mir isses ja wurscht, aber wenn die Fürsorge das spitzkriegt, stecken sie ihn in Null Komma nichts ins Heim.»

«Mein Sohn treibt sich nicht herum. Er hilft seinem Großvater...»

«Da wird er was Rechtes lernen. Na schön ... In zwei Wochen stehst du wieder auf der Matte. Bis dann... Salut!»

Er startete mit Getöse. Da stand ich nun, allein auf dem Trottoir.

Vor mir ein kleines Tal, in dem es nur so wimmelte von nachgemachten Bauernhäusern und Villen mit Pool. Dazwischen die grünen Flecken der halbversengten Zypressen und der künstlichen Rasenflächen. Im Hintergrund, wie ein Modell aus Knetmasse, gebadet in gelbes Licht – Saint-Paul-de-Vence, das Mekka aller Möchtegern-Künstler, der Place du Tertre des Südens. Zur Zeit treibt sich nur Mittelalter da oben rum, ein Ameisengewimmel von Touristen, die ihr Fett an den alten Steinen plattdrücken. Diese Gegend ist wirklich nur im Winter zu ertragen, und auch das nur bedingt... Oder am Morgen, sehr früh. Mir jedenfalls ist mein Tal von Lescours lieber, mit seinem falschen Image von Buschräubern.

Bin dann zu Fuß weiter. Die Richtung war klar, meinen Wittgenstein hatte ich nämlich nicht vergessen.

*
* *

Ein paar Ecken weiter, auf der Straße nach Vence, mußte ich geschlagene fünf Minuten warten, bevor es möglich war, die Fahrbahn zu überqueren. Jede Menge

Särge auf Rädern, lauter Blechwichser. Stumm und verbissen hingen die Fahrer über den Chemielamm-Schonbezügen ihrer Lenkräder und düsten mit 60 Stundenkilometern zu ihren Standard-Sommertreffs. Unter Einsatz meines Lebens bin ich endlich rüber und zur Türklingel der altersschwachen Villa. In der gewaltigen Glyzinie vor dem Eingang schimmerte es stellenweise noch violett. Ein paar Blütentrauben vom Monat Juli, eindeutig zweite Blüte – in Sachen Gärten blick ich durch.

Henri erschien und öffnete mir die Gartentür. War ein Glücksfall, ihn anzutreffen. Er ist ein alter Kumpel vom Gymnasium, der einzige, mit dem ich noch in Verbindung bin. Sohn spanischer Emigranten. Damals auf der Penne haben wir wie eine Eins gestanden gegen die andern, weil wir beide Radrenn-Fans waren. Das total Absurde an der Quälerei hat uns echt angemacht, und wenn die großen Rennen liefen, haben wir immer geguckt, wie diese Irren auf die Schnauze fielen, sich wieder aufrappelten, blutig, und stehend weiterstrampelten wegen der zwanzigtausend Furunkel, die ihnen den Arsch verbrannten. Von wegen Sattel und so. Dagegen waren Tennisspieler, die beim kleinsten Wehwehchen jaulten, oder Fußballer, die bei jeder schlappen Rempelei jammerten, zum Abhaken. Für mich war das nur ein Haufen Schwächlinge, und für ihn waren es schlaffe Mütter. Er ist nämlich so schwul, daß er sich beim Pinkeln hinsetzt. Hat mir schon damals nichts ausgemacht, und ich hab ihn auch nie damit genervt. Eine ziemlich seltene Einstellung, die wohl auch der Grund für die enge Freundschaft war. Henri ist Sportreporter beim *Nice-Matin* und hat das Käseblatt von Anfang an gesammelt. Komplett, bei sich zu Hause. Für ihn ist es natürlich die Nummer eins unter den Tageszeitungen, vor allem die Sportseite, logo.

Er hat sich zwei Gläser und eine Flasche Weißen geschnappt – Cassis, gut gekühlt –, und wir sind unter die Glyzinie gezogen. Haben erst mal das Rennen bequatscht, die Tour de France, von der ich die beiden letzten Etappen verpaßt hatte. Hinault hatte sich wieder das gelbe Trikot gesichert. Danach haben wir über unsere Lieblingsfahrer gefachsimpelt – Bittinger, Lubberding, Ludo Peters.

Schließlich bin ich mit der Story von der jungen Frau aus der Klinik rausgerückt. Wir haben die Zeitungen durchwühlt und im Nu gefunden, was wir suchten: Artikel über das Verschwinden von Lionel Ralland, Aufrufe seiner Eltern Liliane und Pierre, Stand der polizeilichen Ermittlungen. Die Berichte erstreckten sich über eine Woche, vom 4. bis zum 11. Januar, und enthielten Fotos von dem Kleinen und von seinen Eltern. Sie war es wirklich! Auch Adressen waren angegeben, und Telefonnummern aus der Gegend von Barrême, ungefähr hundertfünfzig Kilometer entfernt. Was hatte die Mutti bloß hier in Nizza zu suchen? Über das Verschwinden des Kindes – übrigens nicht das einzige, wie die Journalisten betonten – gab es jede Menge Theorien: Entführung, Unfall, Ausreißen, Straßenverkehr etc. Und es war oft von Nizza die Rede, wo seit dem letzten Jahr mehrere Kinder verschwunden waren.

«Sie ist hier, um auf eigene Faust zu suchen», sagte Henri.

«Glaubt sie etwa, sie findet was, wo die Polizei nichts rausgekriegt hat?»

«Ach, weißt du, die Polizei ...»

«Ist überlastet, ja, ich weiß ...»

Wir haben noch eine Flasche aufgemacht. Sauternes, auch sehr trinkbar. Henri, der Genießer, hat geschmatzt und gemeint:

«Rennfahrer hätt ich nie werden können... Stell dir vor, ein Leben ohne Traubensaft!... Was hätte übrigens Wittgenstein jetzt gesagt?»

Klar, daß er mich vorführen wollte, aber mit etwas Nachdenken fiel mir ein passender Spruch ein. Witt ist eben immer für eine Erleuchtung gut. Geht direkt ab, oben in der Zentrale.

«Die totale Wirklichkeit ist die Welt.»

«Die Wirklichkeit ist, daß du immer noch daneben bist...»

*
* *

Eine Stunde später hatte ich alle Adressen aus den Zeitungen aufgelistet und hab Henri geholfen, alles wieder in der richtigen Reihenfolge zu ordnen.

«Wie geht's übrigens der Sippe? War schon lange nicht mehr in deiner Hütte. Immer noch keine Palmen?»

«Hast du dir mal deine Bude angesehn? Sieht aus wie die Müllkippe vom Miramar!»

«Was macht denn dein Zoff mit der Polente?»

«Geht alles seinen Gang ... Sie möchten gern, daß ich in die Verwaltung einsteige.»

«Sind wohl nicht bei Trost! Das gäb ja 'ne schöne Verwaltungsunterhaltung.»

Jetzt isses soweit, dachte ich, jetzt dreht er durch. Hat den Kahn total voll.

«Und dein Sohn?»

«Hat 'nen echten Vater – meinen eigenen.»

«Dann isser schlecht bedient...»

Ich bin dann aufgestanden. Wir haben uns jeder das Beste gewünscht, und ich ließ ihn in seinem Sessel unter der Glyzinie zurück. Vornüber hing er in seinem Sitz und guckte verklärt – voll wie tausend Mann.

7

Zu große Städte für eine kleine Frau ...

Liliane war lange gelaufen. Die mechanische Vorwärtsbewegung ihrer Beine und Füße war ihr kaum bewußt geworden. Vielleicht, weil sie am Meer entlanggegangen war, an einem Wasser voller lärmender, unbekümmerter Leiber, an einem Strand, der bedeckt war mit käseweißen Oben-Ohne-Engerlingen und vermummten Lebkuchen mit dem Charme von Masochisten. Die Halbbekleidung hatte etwas Unpassendes, da die Nähe des Wassers ständig an den Urzustand von Nacktheit erinnerte.

Und dann die Kinder hinter ihr ... Kinder jeden Alters, jeder Größe, jeden Aussehens. Alle lebendig und wenigstens vorhanden. Sie tobten ihre Albernheit aus und ihre Bosheit, quälten sich gegenseitig, zertraten ihre Sandtorten oder stießen sich die Plastikschaufeln ins Auge. Wollten ihren lauwarmen Joghurt nicht schlucken, verschlangen aber gierig ganze Pakete von Schokoladenkuchen; zerpflückten mit Unschuldsmiene herumliegendes Papier, in Windrichtung, damit das schmierige Zeug am Rücken der dösenden Badegäste festpappte. Aber immerhin – diese Kinder waren da, waren nicht weit von ihren Eltern und deren skandalöser Achtlosigkeit. Liliane beschloß, keinen Schritt mehr von Lionel zu weichen, wenn er zurück sein würde (zurück von wo?) – ohne Rücksicht auf den Ödipuskomplex oder das Mofa mit Fünfzehn. Wieder diese Gedanken an Lionel… Sie wußte genau, was man inzwischen in ihrer Umgebung sprach. Unfaßbare, irrsinnige Dinge wie: Wenn er tot wäre, hätte man doch wenigstens Gewißheit! oder: Wenn man wenigstens Gewißheit hätte, wüßte man, was zu tun ist! oder sogar: Wäre es inzwischen nicht vielleicht besser, wenn er tot wäre?… Ein Verbrechen, solche Gedanken.

Sie wußte es besser. Wie hätte sie sich vor der Wahrheit drücken können? Lionel als Ausreißer? Das war unmöglich, er hatte ständig an Mutters Rockzipfel gehangen. Entführt? Dann hätte man eine Lösegeldforderung erhalten oder wenigstens ein Lebenszeichen. Und was den Geistesverwirrten anging, der kein Kind hatte haben können und sich deshalb ein fremdes beschaffte – diese Sorte Mensch war kinderlieb und sperrte die Kleinen nicht in Besenkammern ein. Und Lionel hätte ihn mit Leichtigkeit von seiner unerwünschten und blinden Liebe abgebracht. In sechs Monaten!… Ein Unfall? In der Ecke, wo er verschwunden war, hätte man ihn wiedergefunden. Es gab dort nur wenig Schluchten, und die Flußströmung war nicht besonders stark… Blieb der Verkehr. Ja, der Verkehr.

Liliane hat wieder angefangen zu weinen. Ein seltsames Bild, dieses hübsche Mädchen mit den hell leuchtenden Haaren und dem bleichen Gesicht, aufgelöst in Kummer vor dem Hintergrund von Völkerscharen, die baden, spielen und in der Sonne braten. Ein Streifen

Sand, überfüllt von Menschen, eine Straße voller endlos dröhnender Fahrzeuge, rasender Starts und wilder Hupkonzerte. Eine Bahnschranke, hinter der Züge vorbeisausen, mit heruntergelassenen Fenstern und Vorhängen, die gegen die Scheiben schlagen. Es ist sehr heiß.

Ein ganz gewöhnlicher Julitag für diese Gegend. Liliane macht sich wieder auf den Weg, ohne ihre Tränen zu trocknen, den Blick ihrer grünen Augen fest auf Nizza gerichtet, starr geradeaus auf die goldene Esplanade, wo sich der absolute Horror versteckt hält und im Untergrund lauert.

Ihr Körper zittert nicht mehr, ihre Schritte werden wieder gleichmäßig.

Vielleicht wird sie ein ganzes Leben brauchen, aber sie wird es schaffen und Lionel wiederfinden. Sie wird weitermarschieren. Gegen die ganze Welt.

*
* *

In Cagnes hält sie an und setzt sich auf die Terrasse eines Cafés. Ein paar fette Vorstadtstrizzis lungern hier herum, mit einem Ausdruck von Langeweile, der außerhalb ihrer Schlafstädte noch angeödeter wirkt. Das hier ist keine Gegend für Flaneure, sondern eher für Autos, mit vierspurigen Straßen, Seitenstreifen und Verteilerkreuzen. Wie eine Glocke liegt das unablässige Summen der Reifen über der Stadt. Zwei junge deutsche Frauen tauchen auf. Unter ihren ausgeschnittenen rosafarbenen T-Shirts tragen sie keinen BH, und als sie sich eben nach ihrer Reisetasche bücken, sieht man ihre jungen sonnengebräunten Brüste, den matten Glanz von blondem Flaum und flache, glatte Brustwarzen. Die Strizzis sitzen wie vom Donner gerührt, ihr Helles in der Hand. Die Mädchen setzen ihren Weg fort, eine Mischung von Unruhe und Gelassenheit in ihren roten Gesichtern. Sie haben nichts oder nur zu gut verstanden.

Liliane ist leicht amüsiert, bis ihr wieder die eigenen Probleme einfallen. Sie denkt an den schwarzen Autobianchi und dessen Kennzeichen und beginnt, auf die vorbeifahrenden Wagen zu achten. Sie ist müde und legt ihre Füße auf die ausgeleierten Plastikgurte des Stuhls vor ihr. Heute abend wird sie wieder zu Martine gehen, um sich zu waschen, die Haare zu schneiden und frische Sachen anzuziehen. Ihre Kleidung riecht nach Schweiß, Angst und Sorge, aber sie weiß, daß sie auf der richtigen Spur ist, denn schließlich war der gelbe R 5 explodiert.

Ihr Kaffee will nicht abkühlen. Sie bestellt ein Mineralwasser ohne Kohlensäure. Der fade Geschmack ist wie Balsam für ihren Körper. Sie konzentriert sich darauf, tief ein- und auszuatmen, als ob mit der verbrauchten Luft auch die Unrast aus ihr herausströmen müßte.

Sie nimmt das Buch aus der Tasche, das ihr der Typ in der Klinik geliehen hatte. Vor lauter Eile, diesen krankmachenden Ort zu verlassen, sich wieder auf den Weg und an ihre Untersuchung zu machen, ist sie nicht dazu gekommen, ihm das Buch zurückzugeben. Ein philosophischer Traktat also, denkt sie achselzuckend. Was mochte ein Typ, der aussah wie ein kleiner Gelegenheitsgauner, damit wohl anfangen? Sie öffnet den Band und findet neben den Aphorismen handschriftliche Eintragungen. In grüner Tinte. Sie beginnt darin zu lesen und muß plötzlich lachen. Am Rande von «Die Grenzen meiner Sprache sind die Begrenzung meiner Welt» stand geschrieben: «Da alles Sprache ist, hat die Welt keine Grenzen. Ergo bewege ich mich nirgendwohin. Nicht gerade neu, die Entdeckung ...»

Sie schämt sich ihres Lachens, schließt das Buch und steckt es wieder in ihre Tasche.

Vor dem Café hält der klapprige Lieferwagen eines Schrotthändlers. Am Steuer ein lachender alter Mann mit speckiger Mütze, auf der Ladefläche riesige Kanister, festgezurrt mit Seilen. Eine Tür klappt, ein blondes Kind taucht auf und schlängelt sich durch die Stühle auf der Terrasse. Liliane steht das Herz still. Einen Moment lang hat sie geglaubt, es sei Lionel. Derselbe Gang – aber dieser Junge ist dünner und flinker auf den Beinen.

Er betritt das Café und ist gleich wieder draußen, ein Päckchen Zigaretten in der Hand. Liliane läßt ihn nicht aus den Augen. Inzwischen ist es dem Großvater gelungen, aus seinem Schrotthaufen zu klettern. Er setzt sich an den Tisch gleich nebenan. Der Junge wirkt etwas zappelig – und weniger hübsch als Lionel, denkt Liliane. Er nimmt ebenfalls Platz und wippt hektisch mit den Beinen. Zwei riesige Portionen Eis werden gebracht. Die beiden stürzen sich darauf, und im Nu hat sich der Alte bis an den Mützenschirm mit Sahne bekleckert.

Liliane wendet keinen Blick von dem Jungen. Sie kann hören, was die beiden miteinander sprechen. Sie reden über alles und nichts. Ihre Worte prägen sich in Lilis Gedächtnis, ohne ersichtliches System, leer und tot wie Waggons auf einem Verschiebebahnhof.

Allmählich wird dem Jungen bewußt, daß ihn die Frau beobachtet. Auch er blickt sie fragend an. Lionel hatte längere Wimpern, denkt sie. Und dann, etwas zaghaft, lächelt sie dem Jungen zu. Er fixiert sie weiter, die fremde Frau. Dann gibt er es auf, irgend etwas zu verstehen, und wendet sich wieder seinem Bananasplit zu.

Ganz sachte beginnen Lilianes Tränen wieder zu fließen und geben dem Badeort um sie herum mehr und mehr das Aussehen einer Tropfsteinhöhle.

8

Abgesehen von seinem Spitznamen, «der Finne», hatte Marc Antoine Talma wenig Ähnlichkeit mit einem Skandinavier. Tatsächlich war er Italiener, und unter denen so eine Art kariertes Maiglöckchen, weil ihm glatt zuzutrauen war, daß er ein Autor wie Kierkegaard gelesen hatte. Mit anderen Worten: Er hatte was, was ihn deutlich abhob von den übrigen Abbruzzis oder Calabresis, die hier lebten. Allerdings hatte er meines Wissens nur zwei gute Eigenschaften – wenn man von seiner Zuverlässigkeit als Freund einmal absah: Er war der Top-Spezialist für Autos und ein sagenhafter Kenner von Bitterschnäpsen. Warum man ihn den «Finnen» nannte, hab ich nie rausgekriegt. Ihm muß wohl sein Aussehen auf den Wecker gegangen sein – weder groß wie ein Andalusier noch stark wie ein Fischer aus der Algarve, aber jedenfalls astreines Mittelmeer, Stiefelspitze ganz unten –, deshalb muß er schon vor langer Zeit das Gerücht gestreut haben, er wäre Finne. Was natürlich kein Mensch glaubte, aber dank der Vorbereitung von langer Hand und des allgemeinen Interesses am Ende jeder übernahm. Denn in Sachen Kiste, Schleuder, Maschine oder Rostlaube war dieser Typ ein Genie, der mit einem einfachen Schraubenschlüssel aus einem R 4 eine Rakete machte, Marke Ariane. Ich hatte ihn durch Harlette kennengelernt, der ihn als Gutachter beschäftigte. Das war ein Gespann, die beiden: die große Mortadella der Versicherungsbranche mit seinem Riesenknacker von Autoschlosser – dagegen war die ganze Wursttheke vom Kaufhaus Barbès ein müdes Angebot.

Seine Werkstatt (er nannte sie «Laboratorium») lag in einem unmöglichen Schuppen am Ortseingang von Villeneuve Loubet, in der Nähe der Gorges du Loup. Da er im Traum nicht auf eine Baugenehmigung hoffen konnte, hatte er auf dem Grundstück, das er gekauft hatte, einfach ein riesiges Loch gebuddelt, Hebebühnen hineingestellt und seine Hütte darüber gebaut. Jeden Tag zwei Zentimeter höher, als ob sie aus der Erde wachsen würde und damit die Nachbarn nichts merken oder sich langsam daran gewöhnen. Seltsamerweise hat das geklappt. Wahrscheinlich vor allem deshalb, weil er rundum alles an Autos repariert hat.

Kaum hatte er mich auf seinem Landsitz gesichtet, als er schon in die Küche schoß und mit einer tiefschwarzen Flasche und zwei kleinen Gläsern zurückkam. Zieh dich warm an, hab ich mir gesagt.

«Probier mal… Das reinste Schweröl. Kommt aus Holland.»

Mir war klar, ich konnt mir die Mühe sparen, abzulehnen. Hab meinen Widerwillen gekonnt unterdrückt und das Zeug in einem Zug runtergekippt.

«Zum Kotzen», hab ich gesagt.

«Das kannste laut sagen…»

«Das macht aus meinen Eingeweiden eine Radrennpiste…»

«Willste noch einen?»

Hab getan, als wollt ich abhauen. Er hat mich am Ärmel festgehalten.

«Was is mit den Bullen?» hat er mich besorgt gefragt.

«Och... muß immer brav die Papiere zeigen, aber sie sind einigermaßen friedlich... Noch zwei Monate, und sie lassen mich in Ruhe. Harlette hilft mir...»

«Zu blöde, daß das an dir hängengeblieben ist... Aber wir sind noch ganz gut weggekommen... La prossima volta...»

«Hör mal, ich brauch 'nen Wagen bis morgen abend.»

«Wo soll's denn hingehn?»

«Barrême. Hundertfünfzig Kilometer von hier. In der Haute Provence.»

Er hat eine Weile nachgedacht, vor seinem geistigen Auge eine komplette Sammlung von Straßenkarten.

«Bergauf, kurvenreich und ziemlich eng... Also ein Panhard, tiefer gelegt, mit Hydraulik und Doppelvergaser. Macht 140, muß aber wohl nicht sein. Keine Heizung. Macht aber was her.»

«Hervorragend.»

«Muß aber noch abgeholt werden.»

«Weit?»

«Nein, nein, in Antibes. Der Typ ist schon lange mit der Kiste überfällig. Er will sie mir nicht zurückgeben, aber wenn wir zu zweit sind, kein Problem...»

«Wenn du's sagst, Marco... Aber du weißt ja Bescheid, in meiner Lage – der kleinste Blödsinn, und hopp! geht's ins Loch!»

«Ammazza! sag ich dir, keine Probleme!»

*
* *

Gegen Abend liefen wir in Antibes ein, in einer Neubausiedlung, nicht weit vom Wassersport-Center. Die Häuser eckig wie Törtchen aus Blätterteig mit Blumennamen wie: Anemone, Begonie, Kamelie, Dahlie usw. Vor dem Schuppen namens Nelke haben wir gehalten und den alten Fiat auf dem Besucherparkplatz abgestellt. Genau der Platz, wo auch Marsmenschen landen würden, um ein bißchen zu provozieren. Hab mich aus der Kiste gehievt, den Arsch geplättet von den harten Schalensitzen. Der Finne hat sich einen Gummiknüppel unters T-Shirt gesteckt. Reine Vorsichtsmaßnahme, hat er gesagt, für den Fall, daß wir einer Mutter mit Nudelholz begegnen. Allem Anschein nach traute er meinen frisch erworbenen Judokenntnissen nicht ganz. Wir sind nach oben in die sechste Etage. Ich hab mich unauffällig hinter einer Balkonnische verdrückt, und Marco hat geklingelt. Ich konnt hören, wie die Tür aufging, und ahnte schon, daß jetzt ein Schuh, Format Kindersarg, bis zum Anschlag im Türspalt steckte.

«Salut, Laglace! Na, immer noch Trotzkist?»

«Hab dir schon mal gesagt, daß ich deine dumme Fresse nicht mehr sehen will», grunzte jemand.

So ganz bärenstark klang das nicht, die Stimme hörte sich mehr nach einer Art bösen Vorahnung an. Die Tür wollte sich wieder schließen, aber der Schuh war ziemlich sperrig. Jetzt kam ich zum Vorschein, und zu zweit sind wir rein in die Bude.

«Nett hast du's!» sprach Marco voller Bewunderung und pflanzte sich mitten im Wohnzimmer auf, eine Riesen-Bücherwand, ein Aquarium und in der Ecke eine HiFi-Station, Marke Airbus-Pilotenkanzel, mit TV, zwei

Videogeräten, einem Decoder, zwei Bildschirmen, einem MacIntosh-Verstärker kurzum: der besagte Laglace stand offenbar unter Konsumzwang.

«Was soll der Mist?» hat er gefragt.

Der Finne streckte seine Hand aus.

«Her mit den Schlüsseln von dem Panhard. Plus Fahrzeugschein, Versicherungskarte und einer netten kleinen Bescheinigung, daß du uns den ganzen Salat für einen Franc verkauft hast.»

«Symbolisch», hab ich ergänzt.

«Das könnt ihr euch abschminken.»

Hab mir den Typen genau angesehen. Ich kannte ihn irgendwoher. Wahrscheinlich von einer Prügelei auf der Penne, aber wir waren nicht auf der gleichen Seite. Ich war damals anarchistischer Zigeuner, zusammen mit Henri, der war katalanischer Anarchist, und alle, ja wirklich alle, konnten sich dennoch auf einen gemeinsamen Programmpunkt verständigen: sich gegenseitig zu verprügeln. «Ins Meer mit den Anarchos!» schrien die immer.

«Mach schon, laß den Scheiß ... Du weißt genau, daß du mir den Schlitten schuldig bist», seufzte der Finne.

Ich wußte nichts von den Begleitumständen der Angelegenheit, aber ich war auf Marcos Seite. Da gab es keine Frage, das war eine Vertrauenssache, und damit basta. Blindheit, das war eben der Preis für Zuneigung. Beim letzten Mal war ich wegen einer «wilden» Löschaktion von Zubehör aus einem englischen Schiff vor dem Kadi gelandet. Wie ich hinterher erfuhr, war die Sache nicht total verboten gewesen, aber auf alle Fälle ungesetzlich.

«Ich ruf die Bullen», sprach er, der gute Laglace.

«Nur zu», hab ich geantwortet, «sie werden sich sehr

interessieren für dein ganzes Zeug da … Sie werden sich fragen, wie du dir das alles leisten kannst. Und wenn sie dann weg sind, werden wir beide den Rest auseinandernehmen. Nur so, um zu sehen, was drin ist.»

Er sah nicht übermäßig ängstlich aus, schien den Trouble abzuwägen und seine Chancen zu berechnen. Schließlich öffnete er eine Schublade, zog den Schlüssel und die Papiere heraus und übergab sie Marco.

«Den Kaufvertrag könnt ihr in den Schornstein schreiben …»

Der Finne überlegte einen Moment, nahm mich dann am Arm, drehte mich zum Ausgang und meinte fröhlich:

«Alles in Ordnung, Ammazza. Man muß auch mal nachgeben können. Der Trottel schenkt uns die Karre. Ich verzichte also darauf, sie zu kaufen, und akzeptiere mit Freuden die milde Gabe …»

Als ich mich gerade in Trab setzen wollte, versuchte Laglace mir einen Tritt zu verpassen, ein volles Ding. Dafür ist Judo einfach Spitze – *tai sabaki.* Er hat leider nur die Luft getroffen und ins Leere getreten, der Affe.

«Willst du wieder anfangen?» hab ich ihm gedroht.

Ob es meine Worte waren, die ihn wieder friedlich machten, oder der Gummiknüppel, den der Finne gezückt hatte – keine Ahnung. Jedenfalls sind wir ohne weitere Belästigung nach draußen.

Der Panhard stand unten auf dem Parkplatz. Dunkelgrün mit Speichenfelgen. Ein Traum.

«Ein Traum», hab ich gesagt.

«Wart's ab, bis du siehst, was er schluckt», meinte Marco beiläufig und reichte mir die Schlüssel.

*
* *

Trotzdem – ein Traum. Mit einem hervorragenden Sound, den nur jemand wie Marco aus einer Maschine kitzelt. Die reinste Guzzi.

Als ich zu Hause ankam, hatte mir die feuchte Abendluft allmählich die Birne durchnäßt. Man zahlt eben seinen Preis für ein Cabrio.

Alle waren versammelt, unter dem Schutzdach. Zoltan hing oben auf einer riesigen Zisterne aus Alu. Der Papa sah mich, klopfte mir auf die Schulter – klang richtig gemütlich – und meldete schlicht:

«Bitte sehr, das Gästezimmer!»

Ich mußte lachen. Noch eine Zisterne! Jetzt konnte ich von vorne anfangen mit dem Studium der Struktur und Anordnung meiner Behausung. Das Ganze darf nicht aus dem Gleichgewicht geraten. Eine verdammt schwere Aufgabe.

Dann hab ich die beiden Fässer unter den Bäumen entdeckt. Randvoll mit rostigen Nägeln. Der liebe Papi sah meinen Blick.

«Ich hab schon einen Interessenten!» hat er sich beeilt zu sagen.

«Einen Interessenten? Dafür?»

«Devel! Ich schwöre! Der vom Hafen. Er will es für Schiffsballast verwenden ...»

«Ich warne dich, Papa ... Wenn diese Nägel in einer Woche noch hier sind, dann werdet ihr sie einzeln auffressen!»

Wutentbrannt bin ich zu Tisch. Das Abendessen ist heilig bei uns. Wie der «Kris», die Ratsversammlung.

Der große Tisch stand fertig gedeckt unter den Bäumen, umgeben von einem riesigen Moskitonetz. Mir fiel ein, daß Samstag war, ergo gab es Gulasch, das niemand so machen kann wie meine Schwester. Zoltan saß schon an der Tafel, gierig schlingend kroch er beinahe in seinen Napf.

«Halt dich gerade!» brüllte ich.

Meine Schwester legte mir auf, betrachtete meinen verbundenen Finger und küßte mich auf die Stirn.

«Ins Krankenhaus zu gehen wegen eines geschwollenen Fingers ... schwaches Bild!»

«Noch zwei Tage, und sie hätten mir die Hand amputiert», antwortete ich.

«Und dann hätte er nicht mehr schreiben können, der Ärmste ...» spottete der Herr Papa.

«Wenn's mich nicht gäbe, um für euch den Papierkram zu machen, hätten sie euch längst wieder in die Wohnwagen gepfercht ...»

«Es gibt Tage, an denen ich mich frage, ob das nicht besser gewesen wäre», sagte meine Schwester.

Na bitte, das alte Lied. Keine Ahnung, ob es am Gulaschgeruch lag, an diesem Hauch von der Freiheit der Nomaden – jedenfalls stürzte man sich voll in die große Debatte, pro und kontra Wohnwagen oder Blechbaracke. Obwohl die Seßhaftigkeit ihnen das Leben erleichtert hatte, lag sie ihnen immer noch quer im Magen, und wenn sie die Zigeuner von Saint-Laurent-du-Var oder die Andalusier mit ihren Wohnwagen voller Krimskrams vorbeiziehen sahen, dann ging ihnen das ans Herz. Was mich betraf, mein Zigeunerblut meldete sich nicht. Mir erschien es im Augenblick auch viel mystischer, daß ich Freunde hatte, und vielleicht wollte ich gar nicht, daß mein Blut sprach. Außerdem hatte ich mich schon für die Ehe entschieden. Zugegeben, die Frau war mir weggelaufen, aber ich bedauerte nichts. Ich dachte oft zurück an ihren hellen, blonden Typ – wir waren so dunkel, so schwarz, so «kalo». Was bei Zoltan allerdings durchgeschlagen hatte, war eher das Zigeunerblut. Unmöglich, meinen Sohn in geschlossenen Räumen zu halten, ob es sich nun um die Schule oder um die Wohnbaracke handelte. Und als seinen richtigen Vater empfand er meinen Erzeuger. Mich betrachtete er gelegentlich sogar als «gãjo». Ich konnte es ihm eigentlich nicht verdenken, war sogar eher damit zufrieden. Es entlastete mich zuweilen, nahm mir das Gefühl, eine Art Verrat zu begehen.

Das Gulasch schmeckte ausgezeichnet. Der Wein aus Bandol ebenfalls.

«Du hast einen neuen Wagen?» hat mich der Herr Vater gefragt.

«Hat man mir geliehen, für morgen. Ich bin den ganzen Tag unterwegs ...»

Ich hab angefangen, schwer zu grübeln nach einer vernünftigen Erklärung, was ich da oben in Barrême machen würde. Gerade wollt ich versuchen, ihnen auseinanderzusetzen, daß ich mir ein Buch zurückholen wollte, als mein Bruder Zagha, seine Frau und die ganzen Bälger erschienen und sich sofort an den Tisch setzten. Jetzt kam Stimmung auf. Ich hab mir die Verwandtschaft angeguckt und fand es echt komisch, wie sehr sie dem entsprach, was sich die Welt unter Zigeunern vorstellte, von wegen Haarpomade, Schnurrbart und Rüschenkleid.

Mein Vater freut sich immer, sie zu sehen. Er glaubt, daß durch sie das Volk der Roma wieder zu seiner alten Kraft und Höchstform zurückfinden wird.

9

Lili war schon seit langem wach und lag regungslos auf dem Bett. Sie machte nicht die leiseste Bewegung, ließ sich überrollen vom Lärmen der Stadt, mehr und mehr, mit jedem Schritt, mit jedem Hupen, mit jedem Schrei.

Ihr nackter, weißer, fast ebener Oberkörper hob sich kaum unter ihren geräuschlosen Atemzügen. Die Jeans lagen wie ein einsamer schmutziger Fleck auf dem Laken. Martine war schon zur Arbeit gegangen. Durchs Fenster sah Lili auf einen Hügel mit begrünten Felswänden, auf Häuser, die im luftleeren Raum zu hängen schienen, und auf rauschende Bäume.

Dumme Gans! Es gab wirklich Momente, wo sie sich dumm fand. Durch die geöffnete Glastür drang ein leichter frischer Wind und umfächelte sie.

Sie seufzt, setzt sich auf den Bettrand und streift sich ein blutrotes T-Shirt über. Sie muß hinaus. Sie muß wieder den ganzen Tag marschieren, schwitzen, sich durchweichen lassen von Tränen und Müdigkeit. Außer Martine kennt sie in Nizza keine Menschenseele, jeder kann also der Gesuchte sein. Jeder, dessen Weg sie in dieser Stadt kreuzt, könnte der Entführer sein. Wer würde zum

Beispiel glauben, daß das Muttchen mit den Lockenwicklern zu einem Ring von Menschenhändlern gehörte? Wer, außer ihr, würde das für möglich halten? Und wie sollte sie etwas Derartiges einem Polizisten beibringen oder ihrem Mann?

Dennoch, sie muß da hinaus, sie ist es sich schuldig, keinesfalls aufzugeben, das Schicksal dieses Sohnes nicht an die Statistik abzutreten, ihn nicht lebend in der Hand von Kreaturen zu lassen, deren Hände schmutzig sind wie ihre Körper und ihre Gehirne. Kreaturen, die nur sie strafen kann, weil es sonst niemand tun will. Sie weiß, daß ihr Sohn, Lionel, lebt, sie kann es nicht erklären, sie fühlt es. In ihrem Innern spürt sie einen Knoten, der an ihr zerrt, aber keine Leere, keinen Todesstoß auf telepathischem Wege. Nur einen Knoten, groß wie eine Faust, der nur eins will: sich endlich lösen. Sie ist erschöpft, ihre Seele ist matt, aber sie muß sich zusammennehmen, das ist die einzige Hoffnung. Sie wird sich noch drei Monate geben, dann wird sie ins Ausland reisen, dorthin, wo dem Vernehmen nach die Kinder landen, um von verantwortungslosen, schändlichen Erwachsenen, bei denen sich alles nur um einen neuen Reiz für ihren dämlichen Schwanz dreht, mißbraucht zu werden. Ob diese Leute das gut finden oder schön oder gerecht? Ob das vielleicht auch ein Akt der Selbsttötung ist? Sind sie blind? Oder in sich selbst verliebt? Wenn sie sie findet, wird sie ihnen das Ding zerquetschen und das Herz herausreißen.

Sie verläßt die Wohnung. Das schmuddelige Café in Cagnes kommt ihr in den Sinn. Wieso geht sie eigentlich jeden Tag dahin zurück, wenn sie müde und halb tot ist? Um dieses blonde Kind zu sehen? Um sich davon zu überzeugen, daß er lebt? Wegen der knusprigen Croissants oder der bitteren Kaffeebrühe? Um irgendwo eine Art Fixpunkt zu haben? Lächerlich?

Vor Zorn schlägt sie auf die Stahlverkleidung des Fahrstuhls und tut sich weh.

Draußen wird sie von der Sonne überrascht und schaut etwas verdutzt auf die Straße, die bereits sehr belebt ist, in die andere Straßen münden, andere Avenuen, gekreuzt von Seitenwegen, Boulevards und Sackgassen. Wie das Negativ eines Baumes, in dessen Zweigen sich die Aussätzigen verstecken. Sie müssen aufgescheucht werden aus ihren Nestern.

*
* *

Bin früh aufgestanden und hab draußen, unter dem großen Moskitonetz, meinen Kaffee getrunken. Mein Vater, wie gewöhnlich schon seit fünf Uhr auf den Beinen, hatte bereits frisches Brot und die Zeitung besorgt. Außerdem macht er immer den Kaffee. Nach Westernart, die rußige Kanne auf den Steinen, die von ein paar brennenden Rebhölzern erhitzt werden. Er besteht auf die Methode, sie erinnert ihn an seine Kindheit. In Wirklichkeit bringt er vermutlich die Dinge, die er tatsächlich in seiner Jugend erlebt hat, mit den Sachen durcheinander, die er im Kino sieht, wenn die tollen Geschichten aus dem Wilden Westen gezeigt werden. Er guckt sich nur solche Schinken an, mit Helden, die superschnell ihren Ballermann ziehen und ihren Kaffee aus verrotteten Emailtassen schlürfen. Muß wohl an den Pferden liegen.

Aus der Zeitung erfuhr ich Neues über meinen Wittgenstein. Ein Artikel über die Explosion eines Autos, dessen Tür gegen die Mutter gedonnert ist, die meine Schriften geklemmt hat. Es hatte eine Tote gegeben, eine gewisse Simone Kaspar, deren «ehemals einschlägig bei der Polizei bekannter» Mann verschwunden war. Der Tatverdacht richtete sich gegen ihn. Wahrhaftig, wir leben in tollen Zeiten: Du hast die Nase voll von deiner Alten, hopp!, klebst du ihr ein Bömbchen an die Karre – gleich noch eins an die eigene, wo du schon mal dabei bist –, und schon verwandelt sich dein Eheweib in einen fliegenden Feuerball. Vorbei die diskreten Zeiten der Arsentropfen! Jetzt werden sogar schon beim Morden am heimischen Herd die großen Brüder aus dem Terrorismus kopiert.

Der Artikel erwähnte auch Verletzte, besonders eine Frau, die mit einem Schock ins Krankenhaus gebracht wurde. Sonst keine näheren Angaben ...

Als ich mich eben zum Aufbruch entschlossen hatte, kreuzte eine verquollene und zerknitterte Erscheinung auf. Mein Sohn. Er knurrte, als ich ihm über den Kopf strich.

«Was hast du heute vor?»

«Ich geh mit Opa.»

«Aha ... Habt ihr vielleicht ein paar Schrauben entdeckt? ... Oder Bolzen?»

«Nein, wir gehn baden.»

«Paß gut auf Opa auf, er kann nicht schwimmen ... Na dann, bis heute abend.».»

Zoltan ist mit einem Luftsprung ab zu seinem Napf mit Haferflocken. Wie er das bloß runterkriegt? Da liegt die wahre Kluft zwischen den Generationen: Mein Vater nimmt zum Frühstück Wurst, ich mein Butterbrot mit Kaffee, und mein Sohn? Er ißt Styropor in lauwarmer Milch.

*
* *

Über die Route Napoléon brauchte ich drei Stunden bis Barrême. Da oben wurde es allmählich ziemlich schattig. Zum Hochgebirge war es nicht mehr weit, und die Provence war in solchen Ecken schnell vergessen. Die Adresse, die ich hatte, mußte noch zehn Kilometer weiter nördlich liegen. Ein Kaff namens Chaudon Norante. Der Panhard hatte brav die Kilometer weggeschnurrt, auf einer kurvenreichen Piste, zwischen einem ziemlich unfreundlichen Gebirgsbach und einer ziemlich brüchigen Felswand, was man an den kleinen Steinbrocken sehen konnte, die die Straße bedeckten.

Das Dorf Norante lag rechts von der Strecke. Ein ziemlich häßliches Nest, irgendwie verfroren, eine Art Vorposten zur Schönheit und Unberührtheit der höherliegenden Bergwelt. Es sah aus, als ob es sich für seine eigene Häßlichkeit entschuldigen wollte. Nach der Menge der Topfgeranien zu urteilen, gab es hier viele Altersruhesitze. Keine Geschäfte. In der Eckkneipe hab ich nach dem Weg gefragt, nach dem Haus von Pierre und Liliane Ralland. Man schickte mich hinauf nach Chaudon, mit leicht resignierter Miene, als ob sie sich dafür schämen müßten, nicht dort wohnen zu können, wo sich die Ökopaxe und der Neo-Landadel niedergelassen hatten, wo die Luft weniger feucht und der Schnee reiner war und wo die Sonne länger schien. Wo Frieden und Eintracht herrschten.

Hab ein Bier getrunken und bin dann auf die schmale Drehwurm-Piste, die sich nach oben schraubte in Richtung Felswand. Dauerte gar nicht lange, und die Landschaft wurde echt unheimlich. Schieferbrüche durchzogen die gelben Felder wie zähflüssiger Kleister. Dürre

Bäume, geschwärzt vom letzten Frost, Hecken, von Schafen blank gewetzt, Platten aus grauem Stein. Und ganz oben lag, geduckt fast, ein winziger Ort. Fünf oder sechs fahle, ein bißchen windschiefe Häuser hatten sich in einer Biegung der Straße eingenistet.

Zu meiner Begrüßung kamen aus allen Richtungen Hunde angeflitzt und bellten. War wohl Essig mit dem unauffälligen Auftritt.

Ein Typ mit Bart schlug gerade auf einen Betonmischer ein, um den eingetrockneten Zementbelag zu lösen. Er war jung, hager und hatte einen offenen Blick. Als er mich auf sich zukommen sah, ließ er seine Zementpampe ruhen, griff seine Bierflasche und nahm einen so kräftigen Schluck, daß ihm die Brille beschlug.

«Guten Tag», sprach ich, «können Sie mir sagen, wo die Rallands wohnen?»

«Hinter Ihnen.»

Ein alter Bau, mit den obligaten karierten Vorhängen und den Töpfen mit Ringelblumen überall. Schnüffelnd umkreisten mich die Hunde, völlig verstört von meinem Geruch nach Stadt.

«Aber sie sind nicht da.»

«Aha. Kommen sie wieder?»

«Jedenfalls nicht so bald … Sind Sie Journalist?»

«Nein, nein … Ich hab Liliane im Krankenhaus kennengelernt. Sie hat noch ein Buch von mir, und das ist mir so wichtig, daß ich dafür zweihundert Kilometer gefahren bin.»

«Wollen Sie ein Bier? Oder lieber etwas Wein?»

Er hatte die ganze Zeit kein Auge von dem Panhard gelassen.

«Bin mehr für Wein, wenn Sie einen haben …»

«Hab ich.»

Er nahm mich mit zu seinem Haus, einer hübschen kleinen viereckigen Bude, eingezwängt hinter einem Haufen von Autowracks. Wenn das der Herr Papa gesehen hätte! Über der Eingangstür eine Art Transparent mit einer halb poppigen, halb superrealistischen Malerei und einem Namen drauf: O. GABU, Maurerbetrieb. Das Haus war gefüllt mit einem bizarren Durcheinander von staubigen gewebten Wandteppichen, die überall herumhingen, und weiteren Gemälden. Kubistische Schule und Minimal-Art.

«Sind Sie Maurer?» hab ich gefragt.

«Genau. Seit zwei Jahren. War vorher Professor in Paris. Die Hölle, sag ich Ihnen. Und hier, hier bin ich im Fegefeuer. Wahrscheinlich eine notwendige Etappe vor dem Paradies ...»

«Lauter Ziegen- und Schafzüchter hier, was?»

«So kann man's nennen. Die Schafe sind mehr ein Hobby – so wie sich andere Leute Mätressen halten. Ansonsten sind das alles Beamte. Sie meckern zwar, aber keiner will auf sein festes Gehalt verzichten. Das wär in ihren Augen der Salto rückwärts ins 19. Jahrhundert.»

«Gilt das auch für die Rallands?»

«Klar. Sie ist Krankenschwester, und er arbeitet bei der Amtsverwaltung in Digne. Die beiden hatten's nicht mit Schafen, sondern mit der Weberei und dem Basteln mit Leder. Da, sehen Sie mal, dort an der Wand, dieses Ding, Marke Eskimo aus Kurdistan – das stammt von Liliane.»

Eins stand fest: dieser Knabe mußte sich mal aussprechen. Als Professor hatte er wahrscheinlich zuviel Spucke verplempert, und jetzt als Maurer konnte er sie wohl nur noch runterwürgen. Natürlich mit Bier, denn der Zementstaub macht bekanntlich einen trocknen Hals.

«Wissen Sie... im Winter sind wir hier manchmal ganz abgeschnitten, stecken bis zum Arsch im Schnee, zwei Wochen lang. Da lernt man sich natürlich gut kennen, so gut, daß man sich gegenseitig auf den Geist geht. Die heile Welt des Landlebens, daß ich nicht lache... Aber die Luft ist rein, das Leben ist angenehm, die Arbeit ist beschaulich. *Sehr* beschaulich.»

«Warum haben Sie mich gefragt, ob ich Journalist bin? Laufen die hier in Scharen rum?»

«Eigentlich nicht. Aber wegen der Rallands... Haben Sie Liliane gesehen?»

«Ja, in Antibes.»

«Aha. Wissen Sie, was passiert ist?»

Lügen war angesagt, nur ein bißchen. Denn genaugenommen wußt ich ja gar nicht viel.

«Heißt das, es ist was passiert?»

«Ein Unglück. Sie haben einen zehnjährigen Sohn, das heißt... sie haben ihn eigentlich nicht, sie *hatten* ihn. Er ist verschwunden. Seit sechs Monaten, und seither klappt nichts mehr. Sie haben alles versucht – Anschlagzettel, Pressekampagne... Sie haben einen Verein gegründet als Sammelstelle für Informationen und zur Unterstützung der Ermittlungsbehörden. Nichts. Ich kann ein Lied davon singen, weil ich auch dabei war... Ein paar Spuren, ein bestimmter Verdacht, ein gelbes Auto und solche Sachen... Liliane hatte nichts anderes im Sinn. Und Pierre, den hat die Geschichte total umgehauen. Die Beziehung der beiden hat sich dadurch... wie soll ich sagen?... gelockert. Er hat sich völlig abgekapselt, und sie, sie ist auf und davon. Kein

Mensch weiß wohin, aber wenn Sie es sagen, wird sie wohl an der Côte sein... Geht's ihr gut?»

«Doch, ja.»

«Aber sie war doch im Krankenhaus ...»

«Ach, nichts weiter, eine Lappalie. Ein leichter Unfall. Sie war nur einen Tag dort.»

«Pierre wäre sicher froh, wenn er wüßte, daß es ihr gutgeht. Aber die Sache ist kompliziert, weil so einiges zwischen ihnen steht. Vielleicht ein Toter, auf alle Fälle aber eine gute Portion Groll und Verbitterung ...»

Er sprach immer weiter, hastig und den Blick auf die Glastür gerichtet, durch die man auf die Wälder und Schluchten sah. Ich hörte ihm nicht länger zu, dachte nur daran, daß ich meinen Wittgenstein wohl abschreiben konnte. Diese Liliane, kein Mensch hatte sie gesehen – nur ich.

«Und ihr Mann, wo steckt der?»

«In Digne, wo er arbeitet. Außerdem hat er Familie da unten.»

«So ein Mist ... Jetzt haben Sie ein paar Nachbarn weniger, wo's ohnehin nicht gerade davon wimmelt ...»

«Och ... Liliane wird zurückkommen. Sobald sie das in ihrem Kopf geregelt hat. Was sie braucht, ist ein anderes Kind. Ich hab sie gern, sie hat sich um jeden hier gekümmert. Und ausgesehen wie ein Pfirsich.»

Er nahm einen kräftigen Schluck Bier:

«Der Panhard, gehört der Ihnen?»

«Nein, ist 'ne Leihgabe ...»

«Schade, wir wären sicher ins Geschäft gekommen ...»

Von draußen hörte man, wie ein Auto um die letzte Kurve preschte. Dann ein Bremsgekreische und das

Klappen einer Wagentür. Eine große Brünette – Marke schrille Tussi – trat auf mit Gebrüll:

«Olive! Du hast doch nicht...! Was ist das für ein Wagen?»

Sie verstummte, als sie mich entdeckte.

«Marius, meine Gattin...» meinte seufzend der Neo-Maurer.

*
* *

Bergab wurde der Sound des Panhard leiser, er flüsterte fast. Ich fuhr zurück an die Küste. Der Maurer hatte gemeint, Liliane sähe aus wie ein Pfirsich, und ich versuchte nun, mir vorzustellen, mit welchem Gemüse er seine eigene Frau, die besagte Marius, wohl vergleichen würde. Vielleicht mit einer Aubergine. Für mich jedenfalls hatte sie was von einer Zigeunerin. Meinem Vater hätte sie bestimmt gefallen, zumal sie uns eine Art Schlangenfraß vorsetzte, der vor allem aus Pfefferschoten bestand. Ich hab fast abgehoben, wenn gerade ein Flieger vorbeigekommen wäre, hätte ich glatt ins Cockpit winken können.

Sie hat mir so viel von ihrer Freundin Liliane erzählt, als würde ich die Dame gleich morgen wieder zu Gesicht kriegen. Dabei war sie unter den circa vier Millionen Ameisen, die derzeit an der Côte herumkrochen, ungefähr so leicht zu finden wie ein brandneuer Nagel in Vaters Lagerschuppen.

Unten in Norante stand ich erst mal eine Weile am Stoppschild und wartete, daß sich die Fluten der südwärts ziehenden Autoströme gnädigst teilten, um mich mitzuziehen. Bei der Gelegenheit sah ich am Straßenrand, mitten in einem Feld, ein Haus, das gerade instand gesetzt wurde. Auf dem Zaun davor in voller Breite ein

Schild: «Maurerbetrieb O. GABU, zugelassen für Hochbau, Register-Nr. ...» Selten so gelacht. Mein Neo-Maurer hatte voll zugeschlagen und das Haus verputzt – kanariengelb.

10

Spielend mit seinem Jo-Jo und der Badetasche, die an seinem Gürtel hing, bei jedem Schritt einen Stoß mit dem Knie verpassend, marschierte der kleine blonde Junge die Straße entlang, in Selbstgespräche vertieft und den Weg, den er zu machen hatte, wie alle Kinder scheinbar dreimal zurücklegend. Hier und da, im Sonnenlicht zwischen den Platanen, leuchtete sein goldschimmerndes Haar hell auf.

Er geht auf dem Weg, der am Ufer des Loup vorbei führt. Um drei Uhr nachmittags ist hier kaum jemand unterwegs, nur ein paar Autos fahren vorbei. Etwas weiter vorne parkt ein weißer Golf unter einer Platane. Eine Frau sitzt auf der Motorhaube, erhebt sich jetzt und nimmt aus einem Korb ein Bündel aus weißem Stoff. Daraus holt sie eine winzige Schleiereule hervor, die sich kaum wehrt, geblendet vom hellen Licht des Tages.

Als der Junge vorbeikommt, spricht ihn die Frau an. Mit sanfter, dunkler Stimme:

«Sag mal, das habe ich auf dem Boden gefunden, was ist das?»

«Das ist eine Eule», antwortet der Kleine.

«Und was soll ich nun damit machen?... Ich bin auf dem Weg in den Urlaub... Man müßte wohl den Abend abwarten, um sie freizulassen...»

Das Kind ist völlig gebannt von dem kleinen Nachtvogel. Unter seinem fast flachsblonden Schopf arbeitet es angestrengt.

«Könntest du sie nicht nehmen, ihr was zu trinken geben und sie wieder fliegen lassen heute nacht?»

«Ja», antwortet der Junge und kommt näher.

«Dann werd ich sie dir geben. Du wirst dich doch gut darum kümmern, nicht wahr? Kann ich mich auf dich verlassen?»

Ein Wagen fährt mit hohem Tempo vorbei.

«Ja, ja.»

«Wo wohnst du?» fragt die junge Frau.

Der Kleine deutet in die Ferne auf das schattige Ende der Straße: «Da hinten in der Siedlung. Da wohn ich.»

«Dann komm, ich fahr dich nach Hause. Sie soll ja nicht wieder wegfliegen...»

Der Junge schaut nur auf die flügelschlagende Eule und steigt in den Wagen.

Jemand schlägt die Tür zu. Ein Mann mit einem seltsamen Geruch wirft sich auf das Kind, klemmt es zwischen sich und das Sitzpolster und drückt ihm ein Tuch auf die Nase. Ein Tuch, das ihm die Luft nimmt und aus dem ein beißender Geruch in seine Augen steigt. Der kleine Junge sieht plötzlich eine große schwarze Wand. Eine Decke wird über ihn geworfen.

Die Frau hat den Motor angelassen. Man hört das Klacken des Blinkers.

Ein Wagen nähert sich, hupt und fährt weiter.

*
* *

Die Woche über hatte ich viel zu tun. Und dauernd hab ich mich dabei erwischt, alle Leute anzustarren, immer auf der Suche nach dem schmalen Gesicht mit dem feinen Haar drumrum. Ich war gar nicht mehr so sehr meinem Wittgenstein auf den Fersen, sondern ihr, Liliane, die mich faszinierte in ihrer Verzweiflung, ihrem Umhergetriebensein, ihrer von vornherein vergeblichen Suche. Ich sah mich plötzlich als großen Tröster, ausgerechnet, wo ich doch nicht mal mit meinem eigenen Sohn allzuviel anfangen konnte.

Der Finne hat mich mal wieder in eins seiner krummen Dinger verwickelt. Er sollte – für kleine Knete – zwei Telefonleitungen durchknipsen, zu einer bestimmten Uhrzeit. Keine Ahnung, worum es dabei genau ging, jedenfalls sollte irgendein Treffen von Gott weiß welchen Leuten verhindert werden.

Einen Tag hat uns Harlette mitgeschleppt, damit wir uns auf irgendeinem Dach über Nizza die Beine in den Bauch stehn, die Anlagen von einem Piratensender bewachen und blitzartig abhauen, wenn die Polente aufkreuzt. Radio Nysos hieß die Welle, aber die Blauen hörten wohl gerade Fußball auf Kanal Monte Carlo. Kein Uniformierter hat sich blicken lassen, und so konnte zwei Stunden lang über die örtlichen Frequenzen gegen den Bürgermeister von Nizza gewettert werden.

Dann haben wir uns einen Abend mit Tequila zugedröhnt. Bei Henri, mit dem ich versucht habe, den beiden Blödmännern, die dabei waren, die Augen zu öffnen für die rauhe Wirklichkeit des Radsports und ihnen ein bißchen Respekt beizubringen für den Fahrstil von «Spider» Robert Alban – aber Asche. War ein Gefühl an dem Abend, als hätt ich einen Amboß im Kopf, weißglühend, aber am nächsten Morgen war nichts mehr. Alles wie weggeblasen, die Zunge frisch und frei. Ein wahres Wunder.

Hab die Zisterne von Vater an meine Villa drangeschweißt, vorher eine Fensteröffnung reingeschnitten und die Ränder mit dem Hammer flachgeklopft. Jetzt hoff ich, daß er mir bald noch ein dazu passendes Second-hand-Velux organisiert.

Zoltan verdrückt sich jeden Morgen mit dem Großpapa zu unbekannten, aber zweifellos linken schrotthaltigen Zielen. Und jeden Morgen will er von mir zehn Franc, angeblich für Eis mit Sahne. Dabei hab ich den Burschen im Verdacht, daß er die Kohle hortet für seinen ersten eigenen Deal mit Altmetall oder für seine ersten Glimmstengel. Was soll's, ich hab schließlich auch mit zwölf angefangen zu qualmen. Mit Celtiques…

Übrigens brüll ich jeden Abend rum, weil die Nägel immer noch da sind. Heute beispielsweise ist das auch der Fall, deshalb sitz ich unterm Fliegendach, genehmige mir den rostigen Rest aus der Kaffeekanne und warte auf die beiden. Ich werde unerbittlich verlangen, daß diese Fässer, dieses Gift für die Umwelt, verschwinden.

Durch den grauen Tüll des Fliegennetzes seh ich meine Schwester aus dem Haus kommen. Sie zieht sich aus, schlüpft unter die sommerliche Freiluftdusche hinter den Fässern und seift ihren braunen Körper mächtig ein. Echt drahtig, gut gebaut, das Mädchen. Ich wundere mich, daß sie nahtlos braun ist. Geht offenbar in den Buchten bei Villefranche baden, ein harter Schlag für das Schamgefühl der Zigeunerjugend. Plötzlich merkt sie, daß ich sie beobachte. Achselzuckend dreht sie sich um und bietet mir nur noch den Ausblick auf ihren lieblichen Hintern, während sie sich abtrocknet.

In einen großen bunten Morgenrock gewickelt, kommt sie zu mir und gießt sich einen Kaffee ein.

«Voyeur!»

«Exhibitionistin!»

«Du solltest besser wieder heiraten, statt dich an deiner Schwester hochzuziehen ...»

«Du hast gut reden. Wenn du verheiratet wärst, wär Ende mit der nahtlosen Bräune!»

Sie wird rot.

Von hinten ertönt das charakteristische Geknatter von Vaters Lieferwagen. Seine Rumbakugel auf Rädern rasselt um die Straßenbiege. Meine Schwester hat es auf einmal ganz eilig und verzieht sich im Laufschritt Richtung Haus.

Vaters alte Mühle fährt in den Hof ein und nimmt im Vorbeirauschen den Betonvorsprung an der Eingangstür mit. Dafür gibt es zwei mögliche Erklärungen: Entweder hat der Herr Papa einen im Kahn und infolgedessen nicht mehr den vollen Adlerblick, den «yakh», oder er hat eine herrenlose Eisenmine entdeckt.

Zoltan hüpft aus dem Laster und haut ab ins Haus. Das ist nun wieder leicht zu deuten: Aa, das große, versteht sich.

Jetzt steigt auch der Alte aus, langsam und auf sein Bein achtend. Er schlägt seine Tür zu, und ich höre, wie die Beifahrertür ebenfalls zufällt. Schließe messerscharf, daß wir Besuch haben, und denk im nächsten Moment, mich streift ein Bus. Durch meinen Kopf braust ein Tornado. Liliane Ralland! In einem schwarzen Kleid, einer

Spitzenbluse drüber und mit ihren blonden Locken. Unschlüssig steht sie da und guckt sich die Umgebung an, als wär sie im Zirkus.

Mich hatten die zwei noch nicht entdeckt unter meinem Fliegenzelt. Ich hab noch ein bißchen gewartet, damit sich meine Pumpe wieder beruhigt, und hab dann den Tüll ein Stück geliftet.

Der Alte hat mich gesehn und zu Lili gesagt:

«Mein Sohn – Zoltans Vater.»

Dann zu mir, als ob er sich entschuldigen wollte:

«Ich habe diese Dame eingeladen, unser bescheidenes Mahl zu teilen...»

Hat ganz schön dick aufgetragen, der Alte. Ich bin rüber zu ihr und hab ihr die Hand gereicht, was sie sofort falsch interpretierte. Sie hat in ihrer Umhängetasche gekramt und mir meinen Wittgenstein zurückgegeben.

«Eigentlich wollt ich Ihnen nur die Hand geben», hab ich gesagt.

Sie hat gelächelt. Mein Vater hat uns angesehen, als wären wir zwei Hostessen, die gerade einem Falschparker ein Ticket verpassen.

«Es hat mir sehr gefallen», hat sie gesagt. «Ich versteh zwar nichts, aber es ist sehr schön.»

«Wird Zeit, daß ihr mich mal aufklärt», hat der Chef gemotzt.

«Nach Ihnen», hab ich geantwortet.

«Ich heiße Liliane», hat sie gesagt und mir die Hand gedrückt.

«Ich weiß... Ich, ich bin Zoj.»

11

Nachdem mein Vater die ganze Geschichte gehört hat, ist sein Gesicht gelbgrün angelaufen. Wir hatten uns alle um eine riesige Pfanne mit Bratkartoffeln, Knoblauch und Petersilie versammelt, und Lili und ich haben uns unser Leben erzählt. Vor allem Lili. Zögernd hat sie von ihrer Geschichte gesprochen, nachdem ich ihr gesagt hatte, wieviel ich schon darüber wußte und wie ich an meine Kenntnisse herangekommen war.

«Wittgenstein führt einen eben an alles heran, das ist normal», meinte sie dazu, etwas gereizt.

Ich hatte ihr ausführlich von ihrem Haus berichtet, von Gabu, von ihrem Mann und von kleinen nebensächlichen Beobachtungen da oben in den Bergen. Lili weinte still. Zoltan, der offenkundig tief beeindruckt war, hatte sich an sie gekuschelt. Und Lili fing wieder an, von ihrem Sohn zu reden, von ihren Gewißheiten und von ihrer Bestimmung. Dabei streichelte sie das gelbe Haar meines Sohnes. Ich war voll zufrieden. Wenn dieser verrückte kleine Kerl sie wenigstens dazu bringen konnte, für eine Weile zu vergessen, was ihr fehlte, dann war immerhin schon etwas gewonnen. Ich selbst war total abgefahren auf Liliane, und mein leichtes Herzklopfen kam mir ohrenbetäubend vor. Aber peinlich war mir das nicht, denn schließlich war sie ja zu uns gekommen. Seit einer Woche hatte sie fast täglich ihren Kaffee getrunken in der Bar in Cagnes, wo Zoltan und mein Vater hingehen, um sich heimlich mit Eis vollzuschlagen. Dafür wurden also die zehn Franc verwendet, für ganz normale kindliche Wünsche, ich war sehr beruhigt – auch was meinen Vater betraf. Schließlich waren sie in dem Café miteinander ins Gespräch gekommen, hatten über alles und nichts diskutiert, und heute abend nun hatte Vater sie zu unserem «bescheidenen Mahl» eingeladen. Ich hab ihn übrigens im Verdacht, uns verkuppeln zu wollen. Schleppt mir einfach Blondinen an, weil er offenbar glaubt, daß ich darauf fixiert bin. Er will mich einwandfrei unter die Haube bringen, will eine Mutter für Zoltan, eine Frau mehr im Haus. Er will neue Rezepte für die Küche, neue Hände, die ihm die Hosenträger zuknöpfen, kurzum: Eine frische Sklavin, die er rumkommandieren kann. Jetzt ist er schon so weit, daß er sogar «gãjos» unterdrückt.

Lilianes Kleid war aus Seide. Seltsam, so elegant herumzulaufen. Aber andererseits achtete sie wahrscheinlich gar nicht mehr auf passende Kleidung, kopflos, wie sie im Moment nun einmal war. In dem Zustand greift man, was einem unter die Finger kommt, und zieht es über, ohne sich über die Reaktion der anderen den Kopf zu zerbrechen. Seide ist luftig im Sommer. Auf jeden Fall war da vorne, unter dem Oberteil aus Häkelspitze, ein wenig nach Großmutterart, ihr kleiner Busen, blaß wie die Baumwolle, als ob ihre Haut selbst aus Spitze wäre. Und unterhalb der Schulter ein blauer Streifen. Ich war ein bißchen sauer auf mich, daß ich das alles registrierte, und ich war sauer, weil ich sie haben wollte. Denn so wie die Dinge gegenwärtig lagen, sprach nichts für eine gegenseitige Annäherung – weder per Kopf noch per Haut. Wir hatten beide Familie, einen Ehepartner und Kinder. Dennoch – der außergewöhnliche Zufall, der uns hier zusammengeführt hatte, kam mir wie ein Zeichen vor, wie eine Offenbarung. Irgend etwas hatte uns zueinander gebracht, um uns gegenseitig zu helfen.

Liliane trank Wein. Sie ließ sich ganz bewußt vollaufen, um dieses schwache Glücksgefühl, das sie augenblicklich empfand, zu verlängern.

Mein Vater, meine Schwester und Zoltan gingen zu Bett. Zum Abschied küßte mein Sohn sie tüchtig auf die Lippen, in kindlicher Ahnungslosigkeit. Danach war sie ganz durcheinander, ganz in Gedanken.

Es war Nacht geworden, eine dunkle und lärmende Nacht. Hier, in den feuchten Niederungen von Lescours, fühlen sich mehr surrende Insekten zu Hause als in den afrikanischen Tropen. Draußen, vor dem Moskitonetz, herrschte ein ununterbrochenes, metallisches Lärmen.

«Was machst du eigentlich so, um zu leben?» fragte sie.

«Nichts. Oder auch alles. Ein Freund führt mich offiziell als Angestellten, für den Sozialkram... Ansonsten: Gelegenheitsjobs, manchmal ziemlich illegal. Wohlgemerkt, illegal, aber nicht unehrenhaft. Deshalb hatte ich schon ein paar Mal Ärger mit der Polizei...»

Ich weiß nicht, ob sie schockiert wirkte oder was es war, jedenfalls fühlte ich das Bedürfnis, genauer zu werden, nach Rechtfertigungen zu suchen:

«Nein... Die kleinen Jobs, die sind das wirkliche Leben. Wie man die Dinge auch sieht, kleine Tricks sind immer hilfreich für den einzelnen oder für ein paar mehr... Immerhin eine Methode, dafür zu sorgen, daß die Zeit schneller vergeht in dieser beschissenen Gegend...»

«Und was ist dein nächster Job?»

«Ist eigentlich kein Job, weil's dafür keine Kohle gibt...»

Hab einfach den Satz ins kalte Wasser gemacht, weil mir unheimlich danach war:

«Ich werde versuchen, Ihnen zu helfen.»

Sie brach in Tränen aus. Dann lachte sie, und schließlich weinte sie wieder. Wie eine Bongo, die alle zehn Sekunden den Rhythmus wechselt. Der Wein aus Bandol ist eben nicht von Pappe. Schließlich hat sie rausgewürgt:

«Und warum?»

«Weil Sie hier sind, und weil Sie Wittgenstein gelesen haben...»

Allem Anschein nach war ich auch schon mächtig breit...

«Aber Sie werden nichts davon haben.»

«Doch, ich werd die Zeit rumbringen. Mit Recherchen, Milieustudien und Entdeckungsreisen. Ich müßte Ihnen jetzt schon dankbar sein für den Schlenker nach da oben, in die kahlen Berge... Ohne Sie hätte ich nie gewußt, wie Schiefer aussieht...»

Sie lächelte.

«Das haben schon andere versucht – uns zu helfen... Sie sind nicht besonders weit damit gekommen...»

«Nicht mal der Verein?»

«Nein. Ohne die Polizei kann man nichts machen. Und die ist zu langsam. Und zu unbeweglich. Wir haben's mit Amateurdetektiven versucht, mit Wünschelrutengängern und anderen Schwindlern. In zwei Punkten waren alle gleich: Sie wußten nichts und verlangten dafür viel Geld... Widerlich, diese Menschenfreunde... Unser Verein hat mir immerhin geholfen, meinen Kummer zu ertragen, weil ich etwas zu tun und nicht allzu viel Zeit zum Nachdenken hatte. Aber natürlich hab ich trotzdem gegrübelt. Übrigens denken alle, daß ich nicht mehr ganz richtig bin... Kein Mensch würde verstehen, was ich hier zu suchen habe. Für sie gehört das in die Abteilung Depression, Dachschaden...»

Sie zog gedankenverloren die Nase hoch.

«Sie wollen einfach nicht begreifen, daß es Zeit kostet, Geduld. Immerhin bin ich ganz allein auf eine wichtige Spur gekommen.»

«Und wie?»

«Nun, als Sie mich im Krankenhaus trafen, hatte ich doch einen Schock. Wegen der Explosion.»

«Ich hab davon gelesen. Im *Nice-Matin*.»

«Also, das war kein Zufall... Das Auto, das da explodiert ist, hatte ich schon seit einer Weile im Auge. Ein gelber Renault 5, der von mehreren Zeugen am Tatort gesehen worden ist. Ich habe alle gelben R 5, die ich sah, verfolgt, beobachtet und mir die Fahrer angesehen ... Bis hin zu dem Wagen, der vor meiner Nase in die Luft flog...»

«Das muß nichts heißen.»

«Aber es ist doch merkwürdig. Die Frau, Simone Kaspar, ist tot, und ihr Mann Jérôme – *bei der Polizei einschlägig bekannt* – ist verschwunden... So stand es in der Zeitung.»

«Das kann alles mögliche bedeuten – Bandenkrieg, Verbrechen aus Leidenschaft, Racheakt. Sie müssen wissen, hier in Nizza...»

«Schon, aber das ist meine einzige Spur… Bevor das Auto explodierte, hab ich gesehen, wie eine junge Frau mit dem Opfer sprach und dann mit einem Wagen wegfuhr.»

Sie wühlte in ihrer Handtasche.

«Da, ich hab die Autonummer…»

Sie zeigte mir ein zerknittertes Stück Papier, auf dem ein Autokennzeichen stand. Ihre Augen schauten starr und wie im Fieber. War es der Alkohol oder etwas anderes? Ihre Art zu sprechen, vor allem ihr starrer Blick und der blinde Eifer ihrer Suche hatten etwas Paranoides. Was sollte ich glauben? Wie sollte ich ihr helfen, ohne ihr zu sagen, daß all ihre Vermutungen und Beweise möglicherweise wertlos waren? Offenbar konnte sie mir meine Zweifel vom Gesicht ablesen.

«Sie glauben mir nicht.»

«Das ist es nicht…»

«Natürlich, das ist es nicht…» sagte sie mit zusammengepreßten Zähnen.

Ich sah ziemlich alt aus und wußte nicht, wie ich anfangen sollte. Auf alle Fälle durfte ich nicht mit roher Gewalt das bißchen Glück kaputtmachen, das der heutige Abend gebracht hatte. Mit Rücksicht auf sie – und auch auf mich.

«Ich mache Ihnen einen Vorschlag», sagte ich und nahm ihr vorsichtig den zerknüllten Zettel aus der Hand:

«Ich werde versuchen, dieses Auto zu finden… Es gibt da vielleicht einen Weg, um herauszufinden, wem es gehört. Aber ich weiß nicht, ob…»

Sie hatte wieder angefangen, ganz leise zu weinen. Ob aus Freude über meine Hilfe oder aus Enttäuschung über meine Zweifel, konnte ich nicht feststellen.

Zwischen ein paar Schluchzern trank sie noch einmal

zwei gute Gläser Rotwein. Als ich verstohlen zu ihr hinsah, schwankte sie leicht. Dann klappte sie langsam, wie in Zeitlupe, über dem Tisch zusammen. Total hinüber und blau wie ein Veilchen.

Die Grillen zirpten sehr laut.

Mein Vater tauchte auf. Mit seinem Pyjama sah er aus wie ein Knacki auf der Flucht. Bei Lilis Anblick pfiff er durch die Zähne.

«Wir werden sie in der Zisterne unterbringen», sagte ich. «Ich werd mich drum kümmern.»

«Sag mal, Zoj ...»

Irgendwas war ihm wohl verdammt unangenehm. Worüber machte er sich bloß Sorgen? Wollte der alte Kuppler etwa meinen Gast in einem Anfall von Prüderie in irgendeinem Wandschrank wegschließen? Oder sollte das heißen: Komm, Sohn, sprich dich aus! ...?

«Zoj ... Die Nägel ...»

Verdammter Mist, die Nägel! Das war es also!

«Weißt du, die Nägel ... Kannst du mir vielleicht übermorgen helfen? Um sie wegzuschaffen?»

«Niemals!»

«Zoj ...»

«Nie! Du kannst sie dir sonstwohin stecken, deine Nägel!»

«Na schön. Ich werd schon jemanden finden ...»

Gebeugt und tief erschüttert von meinem Mangel an Mitgefühl und Verständnis für echte Schrottfans, machte der Sippenfürst Anstalten, das Fliegennetz fallen zu lassen wie einen Theatervorhang. Der klassische Abgang des Schmierenkomödianten, der Weltschmerz total. Ich hab mich gebogen vor Lachen.

«Nicht doch, Papa ... Geht schon in Ordnung.»

Dann haben wir Lili unter den Achseln hochgehoben.

Ihr Kopf kippte vornüber, und sie sabberte ein bißchen. Leicht lallend, richtete sie den Kopf wieder auf und legte ihn auf meine Schulter. Wir brachten sie in mein Zimmer, legten sie auf mein Bett und deckten sie mit der Riesendecke zu, die meine Mutter vor langer Zeit gestickt hatte. Wahrscheinlich hat sie uns dabei beobachtet, von ihrer Wolke aus, und sich über uns amüsiert. War ein komisches Gefühl für mich, Lilianes blondes, zerzaustes Haar auf meinem Kopfkissen zu sehen. Eine Frau – mitten in meiner Räuberhöhle …

12

Mit ’nem Brummschädel aufgewacht, obwohl – in meinem Hirn hat’s eigentlich eher gestochen als gebrummt. Bloß keine abrupten Bewegungen, nach Möglichkeit immer schön langsam.

Sie hat beim Aufwachen erst mal gar nichts geschnallt. Dann hat sie sich langsam erinnert und gecheckt, wo sie war. Und prompt hat sie wieder geheult. War wohl nicht besonders angenehm, in dem kaputten Zustand zu sein, an einem völlig normalen Ort. Das heißt, so normal war es nun auch wieder nicht … eigentlich war es eher wie bei Ali Baba und den vierzig Räubern. Als sie aufstand, hat sie aus dem Bullauge geguckt und draußen auf dem Hof Klein Zoltan gesehen, friedlich spielend und darauf wartend, daß sich endlich ein paar Erwachsene um ihn kümmern. Auch nicht gerade der passende Anblick, um bessere Laune zu bekommen.

*
* *

Lili sitzt jetzt im Auto. Zoj bringt sie zurück nach Cagnes. Sie gibt ihm ihre Adresse bei Martine, wo er sie erreichen kann, wenn es Neuigkeiten gibt in der Sache mit dem Autokennzeichen. Sie ist sich nicht ganz sicher, ob sie auf ihn zählen kann oder ob er sie immer noch für verrückt hält und nicht wirklich an das glaubt, was sie ihm erzählt hat. Aber jedenfalls scheint irgend etwas ihn dazu zu drängen, ihr behilflich zu sein, und sie hat Angst davor, sich einzugestehen, was ihn dazu veranlaßt. Zwischen ihnen beiden kann sich unmöglich etwas abspielen, das wird sie ihm beibringen, so schnell sie kann. Sie braucht ihre ganze Kraft für Lionel. Und er eigentlich auch, wenn er ihr wirklich helfen will. Ohne Gegenleistung, einfach so, für ein bißchen mehr Menschlichkeit. Und zu Ehren von Wittgenstein.

Beim Hafen, nicht weit von den Schiffen der Reichen und Sorglosen, die wenig Kinder haben, aber Geld wie Heu, verabschieden sich die beiden. Langsam reichen sie einander die Hand, und er fragt, etwas linkisch, ob sie vielleicht weiterhin mit Zoltan Eis essen wird.

Sie gibt ihm keine Antwort, ist bereits unterwegs nach Nizza, dem Sumpf, dem Eiterherd.

*
* *

Gestern den ganzen Tag mit Harlette malocht. Natürlich nicht in der Versicherung, wir haben rumgeklempnert, bei ihm zu Hause. Eine neue Duschanlage, die mit seinen entfesselten, nackten Fleischbergen fertig werden kann. Was er alles so plant an Umbauten, kostet mich höchstens zwei Tage, das alles zu beschreiben. Während ich also mit dem Lötkolben hantiere, erzähl ich Henri von meinem kleinen Abenteuer. Er ist so heiß auf Weiber, daß er nicht mal zehn Minuten ohne sein kann, und er fand meine Geschichte echt romantisch. So eine Ansicht von jemandem mit *dem* Körperbau – das bringt

Freude und ist eindeutig ein Pluspunkt für mich in diesen Zeiten der Normalisierung und der freudigen Erregung.

Von dem Moment an hab ich den ganzen Tag über heimlich an sie gedacht und sie vor mir gesehen wie durch einen Vorhang aus Rauch, wie durch Meere von Nebel. Sie war irgendwie kein fester Körper, sondern nur eine Art – eher weiblicher als mütterlicher – Lichtgestalt. Die Vision ihres zarten Körpers auf meinem Bett, gelöst daliegend, betrunken, gestaltlos, entrückt. Ein Körper, der einen Abdruck hinterlassen hatte, obwohl ich mich dagegen wehrte.

Abends hab ich vergeblich auf ihren Anruf gewartet. Vater und Zoltan hatten sie auch nicht im Eis-Café gesehen. Ich war enttäuscht. Entweder hatte sie uns vergessen, weil wir in ihrem Wahn nur ein unbedeutendes reales Zwischenspiel darstellten, oder sie war wieder an ihre Arbeit gegangen, wühlte wieder alles auf, ziellos und doch alles registrierend.

Am anderen Morgen brauchten wir drei Stunden, um die Nägel auf den Laster zu schaffen. Papa war aufgeblüht wie jemand, der sich entschlossen hat, das schwarze Schaf wieder in die Herde aufzunehmen.

Im Moment sind wir gerade mitten im Hafen von Antibes und kippen die Nägel als Ballast in ein großes Fischerboot. Unter einer Sonne, die einem das Fell abzieht. Die Nägel werden gut festgestampft, und später werden wir Zement darüberschütten, damit sich das Boot nicht bei der kleinsten Welle in einen fliegenden Kürbis verwandelt. Cicco, der Fischer, ist ein Zigeuner aus der Romagna. Der erste, den ich erlebe, dem der Sinn nach Wasser steht.

Alle halbe Stunde machen wir eine Pause und genehmigen uns im Schatten des Boots ein kühles Weinchen. Aus einem Kübel voller Eis und voller Flaschen. Cicco sagt, der Wein stammt aus eigener Zucht.

«Ist das Ihr erstes Boot?» frag ich ihn.

«Nein, wie kommst du darauf? Aber das letzte hatte zu große Ähnlichkeit mit der Säuferleber deines Vaters. Hatte dann ein anderes in Aussicht, von einem Nachbarn. Gaspard. Lag neben mir an der Mole. Aber er ist verduftet, verschwunden auf See. Hab dann den Kahn hier gekauft. Braucht aber noch eine Ausrüstung. Ich will schließlich nicht windsurfen, sondern muß mit dem Ding arbeiten ... Gibt immerhin schon einen Motor.»

«Und Gaspard? Ist er abgesoffen?»

«Tja ... nein ... man weiß nichts Genaues. Ist einfach weg. Vielleicht ... der Irre, wirklich, er war ein komischer Vogel, dieser Jérôme. Eben ein Irrer ...»

Er hat sein Glas mit einem Zug ausgetrunken. Ich auch, aber der Saft wollte einfach nicht rutschen. Mein Hals war wie zugeschnürt. Jérôme Gaspard – und die Zeitung hatte von einem Jérôme Kaspar geschrieben. Das war zu viel. Ich sah wieder Liliane vor mir, in Tränen.

«Heißt er wirklich Gaspard?» hab ich gekreischt.

«Aber ja, bei Gott! Wenn Jérôme doch sein Vorname ist ...»

«Und wann ist er verschwunden?»

«Tja, also ... Donnerstag sind's drei Wochen ... Ich weiß das, weil er nur einmal im Monat hinausfuhr. Am zehnten. Nachts.»

«Und was machte er dann?»

«Keine Ahnung, aber eins weiß ich sicher: Der liebe Jérôme hatte einen Heidenrespekt vor der Polente und dem Wasserschutz, ja, das kann man wohl sagen ... Er hat mich sogar gebeten, seinen Motor vollzutanken, und bezahlte mich dafür... Also, meiner Meinung nach, wenn er geschmuggelt hätte, dieses Schlitzohr, mich würd's nicht wundern... Abends erschien er mit seinem Wagen und wartete, bis ich abgehauen war... Verdammt, so ein Irrer...»

Mein Vater sah mich beunruhigt an, als ob er sagen wollte: Da haben wir's – 'nen Verrückten in der Sippe! Und ich war wie vor den Kopf geschlagen. Mein Herz schlug wie wild, und meine Stimme war plötzlich heiser:

«Sein Wagen, war das zufällig ein gelber R 5?»

«Sieh mal an! Und woher weiß er das, der Schlauberger?» feixte Cicco mit einem Blick auf meinen Vater.

Mein Alter, dieser Bursche... Ich hab ihn respektvoll auf die Stirn geküßt, ganz braver Sohn.

«Deine Nägel, Papa, die sind besser als Gold! Einfach Spitze!»

13

Mangels Kohle hab ich mir beim Finnen den Fiat 2300 ausgeborgt. Er brauchte ihn sowieso nicht, weil er sich zu Hause eingeschlossen hatte mit einer frisch «organisierten» Kollektion von echt fetzigen Elsa-Martinelli-Fotos. Großspurig hat er mich gebeten, ihn mit Elsa allein zu lassen, von der ich ein paar Abzüge mitten in dem Haufen erkennen konnte. Elsa nackt in einem grünen Fluß.

Zuerst bin ich nach Saint-Pancrace, in die Oberstadt von Nizza, zu Martines Wohnung. Liliane war nicht da. Ich hab ihr einen Zettel hinterlassen.

Dann hab ich mich entschlossen, meinen heißgeliebten Spezi von der Polizei aufzusuchen. Mit dem Hintergedanken, Kapital zu schlagen aus seiner Verblüffung, wenn er mich freiwillig anrücken sieht, und ihn um Hilfe zu bitten.

Während der ganzen Fahrt – in brütender Hitze, die Wagenfenster weit geöffnet – sind mir Lilis Ideen wieder durch den Kopf gegangen, ihre absurden, manchmal verschwommenen, manchmal messerscharfen Ideen. Dazu die Eindrücke dieser Stadt, die da unter mir vorbeizog, staubig unter ihrer dichten Bepflanzung. Die Palmen versengt von den Auspuffgasen, die Ruhebänke überfüllt von Frauen in knalligen Röcken, die ihre dikken Arme der Sonne hinhielten, und vom Strand unten das Geschrei. Weiter hinten dann Saint-Laurent-du-Var, Cagnes und Villeneuve-Lobet, die sich an ihren nicht sehr sauberen Händen hielten, um das laue Meerwasser daran zu hindern, sein Salz zu ergießen in die austauschbaren Städte dahinter, mit ihren Lagerhäusern, ihrem Cap 3000, ihren Jachtklubs und dem Flughafen, der als einziger wenigstens eine gewisse Klarheit in seinen Asphaltbahnen zeigte. Und dann die ganzen Scharen von Urlaubern – als ob Nichtstun allein genügen könnte, um daran zu glauben, daß man mit der übrigen Zeit etwas Vernünftiges anfängt.

Und Autos, Autos, Autos.

Dann wieder dieses Bild von Liliane, wie sie betrunken in meinem Bett lag und schlief. Mit wieviel Fürsorge ich sie zu Bett gebracht hatte, vielleicht sogar schon mit Zärtlichkeit.

Durch das Buschwerk der Hecke, die die vierspurige Straße teilte, betrachtete ich das Meer zu meiner Linken, während ich vor einer roten Ampel hielt und meinen Arm auf den glühenden Fensterrahmen stützte. Plötzlich sah ich in entgegengesetzter Fahrtrichtung Claire in einem Auto sitzen. Ganz die alte, vielleicht ein bißchen runder geworden mit den Jahren. Mein Herz war kurz davor zu explodieren, und alles war mit einemmal weit weg – Liliane, das Kind, die Stadt, einfach alles. Für meine Frau – auch wenn sie fern war –, für sie, die ich gewählt hatte, für die ich mir das Herz zerrissen und das Innerste nach außen gekehrt hatte. Die mich verlassen und die ich vergessen hatte, wie ich glaubte. Aber nein –

sie war da! Wie ein Verrückter hab ich Gas gegeben und versucht, nach links abzubiegen, aber es war zu weit. Ich hab dann gehalten, den Motor abgestellt und – die Hände noch am Steuerrad – darauf gewartet, daß das alles aufhört, mein Herzklopfen, mein Zittern, meine Gefühlswallung. Und daß das andere wieder erscheint, mein Leben, meine Familie, die Arbeit, Liliane... Ich hatte mich wohl ganz schön verrechnet. Es war unmöglich, über Claire zu stolpern und so zu reagieren. Es war vorbei, es mußte vorbei sein, sonst würde ich mich nie wieder zu irgend etwas aufraffen... Man sagt, daß jeder in seinem Leben nur einen Menschen wirklich liebt, und daß die anderen Lieben nur eine Spielart dieser einen Liebe sind, schlechte Kopien, die nur Schaden stiften. Ich war nahe daran, das zu glauben, aber dann hätte ich mein Leben gleich abschließen können. Außerdem hatte ich auf keinen Menschen Anspruch, am wenigsten auf eine Frau. Schluß mit dem «manũs», dem Zigeuner-Macho in mir.

Ich setzte den Fiat wieder in Trab.

*
* *

Inspecteur Pollet hat mich angesehen, als sei ich die Mutter Gottes, die sein vergilbtes Büro betritt, um ihm mitzuteilen, er brauche nur sein Käppi abzusetzen, und schon würde Weihwasser sprudeln.

«Sie kommen zu früh», brachte er schließlich heraus.

Sieh an, er hatte das «Sie» wiederentdeckt.

«Ich weiß, aber eigentlich bin ich nicht hier, um mal wieder zu beweisen, daß ich ein ganz normaler Bürger bin.»

«Strapazieren Sie sich nicht, ich hab alle Unterlagen, die ich brauche...»

«Auch darum geht's nicht... Ich benötige Ihre Hilfe.»

Bestimmt wär er weniger geschockt gewesen, wenn ich ihm meinen Schwanz gezeigt hätte. Daß jemand, den er für einen abgefeimten Gangster hielt, ihn um Hilfe fragte – das raffte er nicht.

«Was wollen Sie? Eine Panzerfaust? Oder ein Päckchen Munition...?»

Ich ließ den ganz Seriösen raushängen, den Macker mit den geregelten Arbeitszeiten:

«Aber nein. Passen Sie auf – eins unserer Versicherungsmitglieder hat sich den Wagen verbeulen lassen von einer Furie am Steuer. Der Kunde ist nun sehr eigen; ein kleiner Kratzer auf seinem Mercedes, und er kriegt einen Anfall. In diesem Fall hat's den Kotflügel erwischt, und der Kunde steht am Rande einer Paralyse. Er hat immerhin die Autonummer aufgeschrieben, aber Sie wissen ja, wie das ist mit der Verwaltung. Wenn die Sache über den Dienstweg geht, dauert das zwei Wochen – die Klage, die Erwiderung, der Gutachter usw. Aber wenn Sie mir sagen könnten, wem die Schleuder gehört, könnten wir versuchen, das gütlich zu regeln...»

Er schien seinen Spaß zu haben. Ich merkte, daß mein Bluff nicht gezogen hatte, das richtige Schmiermittel fehlte eben. Lügen ist echt Schwerstarbeit. Seltsam, aber ich hab tatsächlich bedauert, ihm nicht reinen Wein eingeschenkt zu haben. Er feixte immer noch still vor sich hin.

«Ich werd dir was sagen...»

«Ja?»

«Ich nehm sie dir nicht ab, deine Geschichte... aber auch nicht ein Wort!»

Da kann man mal sehen, wie schnell so ein «Du»

wiederkommt … Ich hielt den Mund. Nicht aus Berechnung, sondern weil mir nichts einfiel.

«Aber ich werd sie dir trotzdem geben, deine Auskunft. Weil ich dir vertraue, weil ich – für den Fall, daß das 'ne linke Kiste ist –, die zweifelhafte Befriedigung haben werde, dir den Weg in den Knast geebnet zu haben, weil ich dich eigentlich nicht für so blöd halte und weil es jetzt bei der Polizei Mode ist, auf sozial zu machen, dem Delinquenten zu helfen, sich wiedereinzugliedern in die Gesellschaft … Das soll's ja geben …»

So spontan war ich mir nicht ganz sicher, ob der Typ das meinte oder vielleicht ganz abgefeimt war.

*
* *

Hab eine Viertelstunde lang im Büro gewartet und geduldig versucht, irgendeine Kleinigkeit ausfindig zu machen, die dem Raum eine persönliche Note gegeben hätte. Nichts. Manchmal gibt es wenigstens ein Bild, ein Foto, einen Blumenstrauß, einen Teppich oder sonst irgendwas Unübliches, das ein bißchen nach Außenwelt aussieht. Aber hier – null. Dieses Büro entsprach dem Weltbild der Polizisten: es war düster.

Pollet kam zurück. Er schmollte.

«Hab ihn, deinen Rennfahrer. Das heißt, ist eigentlich eine Fahrerin. Und was das Tollste ist: eine, mit der wir schon zu tun hatten … und zwar nicht als Rennmaus.»

Ich sagte nichts. Alles paßte zusammen. Auch hier waren wir auf der richtigen Spur. Liliane hatte die Stecknadel im Heuhaufen gefunden. Pollet sah mich an und reichte mir ein Blatt Papier.

«Sei vorsichtig, Zoj, sehr vorsichtig. Du weißt ja – der Tarpejische Felsen liegt gleich hinter dem Kapitol …»

Nun langt's aber, dachte ich.

«Ich werd's vielleicht bereuen...» fing er wieder an, «aber dieses Mädchen...»

Er gab mir das Papier.

«Da hast du ihre Adresse... 'ne Nutte aus Nizza.»

Ich spielte den Sprachlosen. Auf dem Blatt las ich den Namen Anna Calesse und eine Anschrift.

«Bloß nicht danke sagen...»

«Danke.»

«Sei vorsichtig, Zoj... Das enthebt dich nicht von der Pflicht, zur Kontrolle zu kommen, egal wie... Du siehst, die Polizei kann manchmal ganz nützlich sein. Ja, ja, immer zu Diensten, dieser Pollet.»

Keine Frage, das war jetzt sicher ein Witz. Ich lachte, und das schien ihn zu freuen.

«Und sonst», fragte er, «was macht die Ultralinke?»

Ich hatte nicht recht verstanden.

*
* *

Den Rückweg zu Martines Wohnung hab ich praktisch nicht wahrgenommen, als ob die räumliche Entfernung zu einem Nichts geschrumpft wäre durch meine Eile, Liliane die freudige Nachricht zu überbringen, ihr endlich zu sagen, daß sie sich nicht geirrt hatte und daß ihre Ausdauer kein falscher Wahn gewesen war.

Mit klopfendem Herzen klingelte ich an der Tür zu der kleinen Wohnung. Ein Mädchen öffnete mir, eine kleine Blonde mit großen blauen Augen.

«Martine?»

«Hm...»

«Ist Liliane da?»

Bevor sie noch antworten konnte, stand Lili schon hinter ihr. Im Morgenmantel, todmüde.

«Du hattest recht, Lili, du hattest recht!» hab ich gebrüllt. «Du bist anscheinend auf der richtigen Spur!»

Ihre Schultern entspannten sich. Sie lehnte sich gegen die Wand in der Diele und flüsterte den Namen ihres Sohnes. Dann sah sie zu mir hin, wie ich vor ihr auf der Türschwelle stand. Sie lächelte mich an.

Endlich war ich nicht mehr einfach irgendwer.

14

Am nächsten Abend war die Stimmung schon wieder auf dem Nullpunkt angelangt.

Morgens hatte ich den Finnen gnadenlos von seinen Fotos weggerissen, und gemeinsam mit Lili sind wir zu Anna Calesse. Zu der offiziellen Adresse, die ich vom *Inspecteur* hatte und die in Wirklichkeit die Anschrift ihrer Eltern war. Ein mürrischer Gnom meinte, wir könnten ihn kreuzweise, genau wie seine Tochter – nur weil wir uns als deren «Freunde» ausgegeben hatten. Marco verkündete, es gäbe kein beschissenes Gewerbe, sondern höchstens beschissene Kunden. Darauf flippte der Alte fast aus und brüllte, wir sollten die Fliege machen, sonst würde er mit seiner Zimmerflak nachhelfen. Im wirklichen Leben ist das Detektivspielen eben nicht so ruhig und mühelos wie in Kriminalromanen.

Enttäuscht sind wir abgezogen und haben uns dann, ziemlich mundfaul, auf Nizzas heißem Pflaster rumgetrieben. Irgendwo beim Flughafen, für den Fall, daß uns das Glück und der Zufall vielleicht noch mal zu Hilfe kommen. Für den Fall beispielsweise, daß Lilianes Kronzeugin plötzlich an einer Mauer lehnt und mit ihrem Handtäschchen wedelt. Aber wir sind dann doch schon bald, viel zu bald, unten am Strand angelangt, wo es rundum nur blöde Rothäute gab, Lacoste-Touristen oder Hawaiihemdfreaks. Machte uns auch nicht grade fröhlicher, aber wir mußten unbedingt auf andere Gedanken kommen. Wir sind bei Harlette vorbei, und ich hab die ganze Truppe mit zu mir geschleppt, wo wir uns erst mal eine Kiste Wein geschnappt haben. Lili wurde zum Knoblauch- und Zwiebelschälen abkommandiert. Für die flambierten Spaghetti, die Stéphane kochen wollte. Immerhin ein Zeichen, daß aus diesem Abend doch noch ein Fest werden konnte.

Während ich den Tisch deckte, beobachtete ich aus den Augenwinkeln, wie Liliane beim Schälen in die Knollen weinte.

Harlette knetete den Nudelteig und fragte uns aus, wie immer voll interessiert am Schicksal seiner Mitmenschen. Hab ihm geduldig alles verklickert, und während ich so erzählte, haben sich Vater, Schwester und Zoltan dazugesetzt wie zu einer Dichterlesung. Als ob das ein Weihnachtsmärchen gewesen wäre! Nach einer Weile merkte ich, daß sich niemand mehr traute, Liliane anzusehen, offenbar aus Angst vor dem seltsamen Vogel oder davor, nicht die richtigen Worte zu finden, um sie zu trösten. Bleischwer war die Stimmung, bis Harlette plötzlich noch zwei Hände voll Salz in den Topf warf und verkündete:

«Die werden wir schon finden, die scharfe Else!»

«...»

«Also, ihr Trauerklöße, ihr müßt wissen, daß ich auch gewissermaßen beteiligt bin am ältesten Gewerbe. Nein, nicht wie ihr jetzt glaubt... aber diese Damen brauchen doch schließlich eine Matratze für die Berufsausübung. Und die Matratze steht in einem Zimmer, das Zimmer ist ein Appartement oder eine Wohnung – und Wohnungen werden versichert! Gegen Einbruch, Wasserschäden, Feuer etc. – und solche Versicherungen sind Pflicht! Und ich, Harlette höchstpersönlich, ich versichere die HÄLFTE der Nutten von Nizza! Und mit der Hälfte davon wiederum bin ich sehr gut bekannt, wenn ihr wißt, was ich meine... Oder muß ich euch eine Zeichnung machen? Also, morgen gehn wir jedenfalls zu Katia, die seit zwanzig Jahren anschafft und alles kennt, was 'ne Registrierkasse im Schritt hat.»

Wir waren baff, haben ihn angesehn wie einen Jumbo beim Start, von wegen Ehrfurcht vor der Technik. Ohne auf unsere Blicke zu achten, übergoß er seine Spaghetti mit Cognac und schwenkte sie in einer riesigen Bratpfanne.

*
* *

Sie hat wieder zuviel getrunken, entschieden zuviel... Ein Glück, daß Debba da ist, Zojs Schwester, sonst wäre das hier ein richtiger Herrenabend mit den üblichen Gesprächen über das Frauenangebot in Nizza. Zum Beispiel Prostituierte, die sie bisher immer eingeschlossen hat in die eigene, die weibliche Gattung, aber zu glauben – wie sie es augenblicklich tut –, daß zumindest eine dieser Frauen in kriminellen Kinderhandel verwickelt ist, das ist ein ekelerregender Schandfleck, nach dem die ganze Zunft zu stinken scheint.

Sie hat bemerkt, wie Zoj sie während des ganzen Abends betrachtete. Schwer zu entscheiden, ob das Männerblicke voller versteckter Andeutungen waren oder einfach nur suchende, fragende Blicke eines Menschen, der helfen und warnen will.

Volltrunken, wie sie war, sah sie voller Angst den

Augenblick kommen, wo sie Zoj würde fragen müssen, ob sie hier übernachten könnte. Sie hatte Angst vor den Schlüssen, die er daraus ziehen würde, und sie hoffte, daß er kein Wort oder keine Geste zuviel machen würde. Sie wollte sich jetzt nicht alles verderben. Würde sie in ihrer bedrängten Lage denn überhaupt die Kraft haben, den einzigen Menschen zurückzuweisen, der ihr zu helfen versuchte? Selbst wenn sie ihn nicht liebte? Selbst wenn sie nur einmal mehr denken würde, daß alle Männer gleich sind?

Krampfhaft ballte sie die Fäuste und redete sich ein: er wird mir einfach wieder sein Zimmer anbieten und nicht damit warten, bis seine Freunde weg sind. Sie sah, wie die anderen den Tisch abräumten und ihre Sachen nahmen. Seit geraumer Zeit schon hatte sie das Gespräch nicht mehr verfolgt.

«Liliane», sagte Zoj, «du wirst hier schlafen. Wir gehn noch aus. Ein bißchen die Sau rauslassen in Nizza.»

«Werden uns einen über die Synapsen gießen», ergänzte Harlette.

«Vielleicht ist Elsa gerade in der Kante, weiß man's?» meinte schließlich der Finne.

Alle guckten ihn an und merkten plötzlich, daß ihm den ganzen Abend über seine Zaubermaus nicht aus dem Kopf gegangen war. Nicht die strahlende, gelackte Louise Brooks oder etwa Anna Karina, sondern die für ihn einzig Wahre, die etwas farblose, nichtssagende, unbekümmerte Martinelli Superstar.

Zoj nahm Liliane beim Arm und brachte sie zum Haus, als plötzlich Debba wie ein Gespenst aus dessen Schatten hervortrat und ihrem Bruder die Sache aus der Hand nahm:

«Du wirst sie doch wohl nicht in deiner Bude unterbringen wollen?»

«Aber, neulich abends...»

«Neulich war neulich...»

Eine Zigeunerin weiß, was sich gehört. Liliane wurde in Debbas Zimmer geführt, das eigentlich nur aus einem großen kitschigen Paradebett bestand, und wurde auf dem Lager deponiert. Verschwommen nahm sie wahr, daß die Wand ganz bedeckt war mit den Postern von Sängern, deren Namen sie nicht kannte. Als sie nach oben schaute, sah sie, daß das Feuer von draußen Schatten an die Decke warf. Sie kam sich vor wie in einer der kleinen Nußschalen im Hafen. Mit äußerster Selbstüberwindung zog sie sich aus und legte sich wieder auf die farbenprächtige Bettdecke. Kurze Zeit darauf streckte sich Debba neben ihr aus. Liliane war beruhigt, den jungen, biegsamen Körper zu spüren. Die Tränen, die ohne ihr Zutun ständig in ihr hochstiegen, hörten auf zu fließen. Debba gab ihr einen Kuß auf die Wange und drehte sich wieder zur Seite. Bevor sie in einen weichen, watteähnlichen Schlaf fiel, wunderte sie sich noch ein wenig darüber, wie sich das stramme Hinterteil des jungen Mädchens beim Atmen bewegte. Eine freundliche Ruhe ging davon aus, die ihr selbst lange abhanden gekommen war und die sie wiederfinden mußte, eines Tages. Sie brauchte nicht viel dazu. Sie brauchte nur ihren Sohn.

Wenn es mehr nicht war!

15

«Hals-Nasen-Ohren-Arzt, das war's, was ich mal werden wollte, als ich noch klein war!» verkündete Harlette kategorisch. Er war hackebreit und benahm sich wie die Axt im Walde. Den Weibern einfach ins Maul zu gucken – schien mir im Moment dasselbe, wie sie zu küssen.

«Seitdem hast du dich aber schwer verändert», sagte ich.

«Tjaaa, aber so sehr nun auch wieder nicht. Das einzige, was sich wirklich ändert, ist unser Inneres.»

Unser Wagen düste durch die öden Straßen. Nizza bei Nacht hatte manchmal verdammte Ähnlichkeit mit Béthune, einem Kaff im Norden, weil es genauso feucht glänzte. Allerdings lag es hier nicht am ständigen Nieselregen, sondern an den typischen Ausdünstungen des Südens, dem Schwitzen der Steine, die den Hitzestau des Tages abgaben. Sogar dem herumliegenden Papier haftete etwas Fettig-Feuchtes an.

«Wie in 'nem Film von Pabst ...» rülpste der Finne.

«Wart's ab, gleich sieht's aus wie Pink Flamingo», meinte Harlette und drückte auf die Tube. Leicht verstört klammerte ich mich ans Armaturenbrett und sah vor uns eine schnurgerade, leicht heruntergekommene

Avenue, die immer belebter wurde. Bars und Restaurants, die sogar um diese Uhrzeit geöffnet waren. Männer, die in Gruppen zusammenstanden, abgestellte Autos mit brennenden Scheinwerfern. Auf dem Bürgersteig Frauen mit einer eindeutigen Vorliebe für Lederröcke und durchsichtige Blusen.

«Die Transen – kommen immer zuerst, vor den Weibern. Wahrscheinlich so 'ne Art Filter für die wahren Kenner.»

«Oder für die echten Dilettanten.»

Etwas weiter entfernt, in der Rue de France, wackelten die Nutten schon etwas weniger, weil sie es wohl nicht nötig hatten. Außerdem labern die Bienen auch viel weniger als die vermummten Brüder, kieksen einem nicht ständig die Ohren voll und ziehn nicht so eine abgemackte Show ab. Sie sind, was sie sind, und damit hat sich's.

Wie die Irren sind wir in die Parklücke von einem dicken Peugeot, der eben abfuhr. Leider hat es wenig Eindruck gemacht, daß wir gleich zu dritt aus der Karre kletterten. Es waren reichlich Macker auf der Piste. Sie gingen auf und ab, mit merkwürdigen Zwischenstopps, um zu schauen, wer nach oben in die Zimmer stieg, und offenbar angestrengt auf der Suche nach einem Zeichen des Schamgefühls, das ihnen selbst so zu schaffen machte.

Harlette übernahm die Vorhut, weil er in seinem knittrigen weißen Leinenanzug echt aussah wie ein total abgefüllter, vergnügungssüchtiger Ami. Wir brachten etwa hundert Meter und zwanzig Tanten hinter uns, bis Harlette hinter einer Maus stehenblieb. Sie lehnte, ganz in roten Klamotten, mit dem Rücken zu uns an einem Wagen und hatte ein allerliebstes kleines Hütchen auf dem Kopf. Ihr Rockschlitz reichte ungefähr bis unter die Achsel, man sah alles und auch wieder nichts.

«Das treibt ja selbst King Kong die Tränen in die Augen!» brüllte Stéphane.

Mißtrauisch drehte sie sich mit einem Ruck um. Dann erkannte sie Harlette, entdeckte auch uns und lächelte.

«Drei Mann hoch! Grüß dich, Stéphane! Das wird teuer...»

«Dreimal soviel... Für uns kommt's auf eins raus, und du machst einen prima Schnitt. Zeitmäßig.»

«Okay, ihr Wüstlinge. Mir nach, und – im Treppenhaus wird nicht gefummelt!»

Von wegen Treppe, es war ein Fahrstuhl. Sobald die Tür zu war und sich der Apparillo in die höheren Etagen schwang, wiegelte Harlette ab. Die Maus hatte schon ganz unruhig ausgesehen, weil der Finne völlig entrückt auf ihren Martinelli-Pony starrte.

«Es geht nur um eine Auskunft. Gegen Bares, versteht sich»

«Längst kapiert, aber wir müssen so tun wegen der Kolleginnen. Außerdem ist heute Samstag, und die Macker sind unterwegs.»

«Und du, hast du immer noch keinen?»

«Der Louis, der sich traut, bei mir Druck zu machen, kann sich ausrechnen, daß er schnell wieder da landet, wo er hergekommen ist – auf einer einsamen Insel. Ich hab so meine Verbindungen. Landsleute von diesen Typen und oft sogar Nachbarn von früher...»

Katia führte uns in ein hübsches, sauberes, modernes Studio, in dem ein Bett oder eher eine Art Pritsche stand, auf der man beileibe nicht Gefahr lief, in Tiefschlaf zu fallen.

«Mein Büro», erklärte sie. «Setzt euch.»

Stéphane zog einen 500-Franc-Schein aus der Tasche und reichte ihn ihr.

«Wir möchten eine gewisse Anna Calesse kennenlernen.»

«Dieses Miststück, diese Giftnudel», war die prompte Reaktion.

«Wir brauchen eine Auskunft von ihr. Es geht um eine gute Sache», sagte ich leise.

«Will nichts davon wissen. Ich helfe euch, weil Stéphane ein guter Kumpel ist. Anna hab ich mindestens seit zwei Wochen nicht mehr gesehen. Sie hat in einem möblierten Zimmer ganz in der Nähe gearbeitet, und wenn sie jetzt nicht mehr jobbt, wird sie sich mit ihrem Macker sicher einig sein. Keine Ahnung, wo sie jetzt ihre Bude hat, aber der Typ läßt sich wohl auftreiben. Möchte einen drauf lassen, daß er gerade bei Zbig ist und 'ne Runde zockt…»

«Wie sieht er aus?»

«Wie sie alle aussehen… wie eine Rechenmaschine.»

Sie dachte nach, offenbar im Spargang, kaute an ihrer Unterlippe und sagte:

«Hört zu… Wir warten noch ein bißchen, damit's so aussieht, als hätten wir 'ne echte Nummer geschoben. Danach geh ich zu Zbig einen trinken, und zwar mit einem von euch. Bei uns im Milieu küssen sich alle zur Begrüßung, und einen dort werd ich dreimal küssen. Das ist er dann. Ich mach's also wie der alte Judas. Danach müßt ihr sehen, wie ihr zurechtkommt, okay?»

Harlette sah mich an. Ich sah Harlette an. Und der Finne sah auf die Ponyfransen von Katia.

«Einverstanden», sagte ich.

«Was ist los mit eurem Kumpel? Warum gafft er mich so an? Das ist ja brutal…»

«Sie erinnern ihn wohl an jemanden...» antwortete ich.

*
* *

Katia nahm mich als Begleiter. Als wir aus dem Studio auf die Straße traten, lästerte eine ihrer Kolleginnen:

«Na, gehste einen trinken? Mußt wohl dein Getriebe wieder in Gang bringen, was?»

«Ist nichts mehr für mein Alter, so ein Trio infernal», säuselte Katia.

Das Lokal war eine Vorstadtpinte wie jede andere. Die übliche Patina, die gar keine war. Weit und breit kein Anhaltspunkt dafür, was so viele Stammkunden hierherzog. Aber vielleicht war es gerade der völlige Mangel an Aufdringlichkeit in der Ausstattung, der offenbar unbeabsichtigte, leichte Touch von Fünfziger-Jahre-Stil, wo alles noch seinen ordentlichen Platz hatte, die Musikbox, der Tischfußball und der gammelige Flipper, an dem man mit dem Rücken zum Raum spielte, weil das besser war für die Konzentration. Kurzum: Eine typisch südländische Bar mit gewaltigem Männerüberschuß. Zocker, Angeber, Tresenhänger auf einem Bein. Eine Kellnerin, total abgeschlafft.

Hab mich gleich an die Bar geklemmt und Katia beobachtet, die unter lauten Rufen an den Tischen die Runde machte, mitten durch die Fummelgriffel, das schmierige Gegrinse und die abfälligen Bemerkungen.

Der Typ, den sie dreimal abknutschte, war ein kleiner schnurrbärtiger Jüngling in grünem T-Shirt mit Schweißkränzen unter den Achseln. Tätowierter Arm, brandneue Jeans. Hab meinen Kaffee ausgetrunken und den Abflug gemacht.

Aus dem Wagen, der gegenüber in zweiter Reihe geparkt war, guckten mich die bläßlichen Grimassen von Stéphane und Marco an. Als ich zu ihnen kletterte, fuhr weiter vorn gerade ein BMW aus einer Parklücke. Wir nahmen uns das angewärmte Plätzchen, und wie in einem Film mit zehn Teilen begann nun das Warten. Wir mußten rauskriegen, wo der Loddel wohnte. Dort mußte auch Anna sein.

*
* *

Zehn Minuten später kam Katia aus dem Schuppen. Ohne nach rechts oder links zu gucken und ungefähr so gerade wie eine höchst wackelige Eins, marschierte sie wieder zur Anschaffe.

Wir haben weiter gewartet. Harlette hat mich echt verblüfft. Wie ein Buddha hat er dagesessen, ohne einen Mucks, total starr. Im Gegensatz dazu zappelte der Finne für zwei, bis er offenbar nicht mehr konnte und die Tür aufmachte.

«Ihr braucht nicht auf mich zu warten. Ich halt's nicht mehr aus ...»

«Katia?»

«Nein, ihr Pony ...»

Fast schon im Laufschritt war er auf und davon.

Von Zeit zu Zeit verließen ein paar Männer die Bar. Die grelle Lichtreklame fiel immer wieder auf Gesichter, die mich wenig interessierten.

Nachts dehnt sich die Zeit. Man hat das Gefühl, unter Tranquilizern zu stehn, aber da man nicht schläft und gar nicht schlafen will, ist es leere Zeit, unerfüllte Zeit, bestens geeignet, sich den Kopf zu zerbrechen. Nachts hat man Muße dazu.

Nach einer halben Stunde tauchte Marco wieder auf,

ziemlich verlegen. Seufzend setzte er sich wieder ins Auto.

«Na?» fragte Harlette mit Blick in den Rückspiegel.

«Naja ... also, Freunde, ich werd mir 'ne neue Göttin suchen.»

«Warum? War's denn nicht gut?»

«Doch, doch, aber sie hat gesagt, für sie wär's das erste Mal, daß sie mit 'ner Tretmine bumst.»

* * *

Um zwanzig nach zwei war der Macker endlich draußen. Harlette ließ augenblicklich leise den Wagen an. Unser Tätowierter ging die Straße hinunter, ohne sich umzusehen, während Harlette langsam an den parkenden Wagen vorbeirollte.

«So geht's nicht, er wird uns bemerken ...»

«Macht nichts, jetzt kenn ich ihn ja», sagte ich gereizt.

«Wahrhaftig, ich hab nichts ausgelassen in meinem Leben! Jetzt spiel ich sogar den Bullen!»

Der Loddel war inzwischen stehengeblieben, um sich eine Zigarette anzuzünden. Sein Schnurrbart schimmerte im Licht der Feuerzeugflamme. Dann zog er einen Schlüssel aus seiner Tasche und stieg in einen Renault 20.

«Nicht grade die klassische Zuhälterkarosse», meinte Marco. Wir folgten dem Wagen in respektvollem Abstand und bogen in einen Boulevard, der zur Küste hinunterführte. Dichter Verkehr. Die Wagen glitten durch die Nacht, es herrschte Grabesstimmung. Der Tod ist ein Ereignis außerhalb des Lebens.

Wie ein Hof umgab uns das Licht der Neonreklame.

16

Langsam öffnete sie die Augen und fragte sich, wo sie wohl sein mochte. Obwohl es noch sehr früh war, trennte sie sich von der animalischen Wärme des Bettes. Debba lag halb aufgedeckt da und schnarchte leise. Liliane blickte auf den Jungmädchenbusen, der so unberührt aussah, als hätten die Männer ihm noch nicht ihre Massagen verpaßt. Seltsam, diese Angewohnheit. Man hatte fast den Eindruck, daß sie die heißbegehrten Brüste mit ihren sanft-brutalen Zärtlichkeiten plattwalzen wollten, bis sie weich und lappig waren wie bei einem Affenweibchen. Vielleicht war es eine Art Rückkehr zu den Ursprüngen. Liliane trat näher heran. Die sanfte Brustspitze war rosa wie ein Bonbon.

Wann würde sie selbst wohl wieder jung werden? Wann würde aus ihrem Körper diese Anspannung entweichen, die ihn jetzt so hart und funktionell machte? Wie einen alten Baum. Wann würde sie wieder die Mattigkeit fühlen, ihre gelassenen Gesten wiederfinden, die Körpersprache des Glücks?

Zoj war sicher in der Nacht noch heimgekommen, aber bisher war niemand aufgestanden. Sie zog sich an und ging nach draußen. In der Wärme des aufkommenden Tageslichts löste sich allmählich der dichte Dunst, der sich im Tal angesammelt hatte. Sie fröstelte und ging zu dem Fliegendach, um darunter Platz zu nehmen. Der Tisch war noch verschmiert vom vergangenen Abendessen. Auf dem Boden lagen Brotkrumen und Zigarettenkippen. Morgens sahen die Dinge immer schmutzig aus, und das kleinste Stäubchen erinnerte gleich an die Asche, zu der alles zerfällt. Vielleicht lag es an dem faden Licht, dachte sie.

Sie zündete sich eine Zigarette an.

Kurz darauf erschien Zoltan mit zerzaustem Haar. Wortlos kam er zu ihr und schmiegte sich in ihre Arme, um seinen Nachtschlaf fortzusetzen. So blieb er lange Zeit, ohne sich zu bewegen, und so fand Zoj die beiden. Er lächelte über das Schauspiel, das sich ihm bot, und zum ersten Mal lächelte auch sie wieder.

*
* *

Am nächsten Tag begab sich die ganze Bande auf den Kriegspfad. Der Finne hatte seinen Gummiprügel bei sich, und Harlette hatte die Waffe seiner Jugendtage ausgegraben, einen Nylonstrumpf mit einer Stahlkugel in der Spitze. Ich ging immer noch ohne, und Liliane trug ihr aufmüpfiges Gesicht für besondere Anlässe.

Der Zuhälter bewohnte im oberen Teil von Nizza, in Saint-Sylvestre, eins der dort üblichen kleinen Häuser mit Gärtchen. Nachts hatte das einen ziemlich düsteren Eindruck gemacht, bei Tage hatte es vermutlich einen Touch von italienischer Kleinkolonie. Wir hatten uns keinen genauen Schlachtplan zurechtgelegt, wollten nur mal wissen, ob die Mieze da war. Liliane würde sie wiedererkennen, und wenn wir Glück hatten, würde sie uns alles erzählen, was sie über die Kaspars wußte. Schließlich kannte sie die beiden, und schließlich hatte sie die Mutter noch herzlich umarmt, kurz bevor die sich mit ihrer Blechdose von R 5 in ihre Einzelteile aufgelöst hatte. Wenn es nötig war, wollten wir der Tussi natürlich auch ein bißchen einheizen.

Also kein besonderer Plan, abgesehen von unserer Absicht, Lili zu helfen, in die übrigens zu meiner großen Schande und meiner noch größeren Wut alle ein bißchen verliebt waren. Einer völlig geschlagenen Frau zu helfen, konnte allerhand Möglichkeiten eröffnen. Ich bin sicher, daß sich dieser Gedanke in unseren drei Machoschädeln versteckte. Schön getarnt, aber ganz bestimmt irgendwo vorhanden.

Ich hatte vorgeschlagen, später die Polizei einzuschalten, falls die Aktion entsprechende Informationen brachte. Harlette war nicht begeistert, aber vorläufig einverstanden. Der Finne stimmte unter der Bedingung zu, daß wir ihn schlimmstenfalls auslösten, beispielsweise gegen seinen Führerschein. Liliane hat nicht widersprochen. Also haben wir uns in den Peugeot gedrängelt und sind ab in die Ménagerie, Stéphanes Bezeichnung für Nizza.

Zoltan und Big Daddy sind zur gleichen Zeit aufgebrochen. Ihrem triumphierenden Blick nach zu urteilen, hatten sie mindestens einen schrottreifen Panzer ausbaldowert.

*
* *

Wir parkten unsere Mühle ein gutes Stück weit von dem Haus, in dem der Louis wohnte, und machten den Rest zu Fuß. Unterwegs kamen wir an einem schwarzen Autobianchi vorbei.

Ich hatte leichte Muffe. Über glühende Kohlen geh ich mit links, aber das hier war eine andere Sache. Man wußte ja gar nicht, wo man seine Füße, geschweige denn seine Finger reinsteckte. Wenn der Macker beispielsweise ein paar Kumpel zu Besuch hatte, steckten wir voll in der Scheiße. Wir waren nicht grade darauf geeicht, uns mit echten Milieubrüdern rumzuprügeln, deshalb hatte ich auch die Idee gehabt, möglichst bald die Polizei zu rufen.

Liliane wurde beauftragt, an die Tür zu klopfen. Wir reihten uns rechts und links von ihr auf. Es war drei Uhr nachmittags und eine echte Touristenhitze. Kein Mensch auf den Straßen. Entweder alle bei der Siesta oder am Strand.

Liliane klingelte. Über ihrer Schulter trug sie ihre Umhängetasche, eine Hand darin vergraben, wie ich es schon oft bei ihr gesehen hatte. Jemand öffnete die Tür, und eine Männerstimme tönte:

«Was is?»

«Guten Tag», sagte Liliane seelenruhig. «Ich möchte Anna sprechen.»

«Hau ab!»

Krachend fiel die Tür wieder zu. Harlette wollte schon vorpreschen, aber Liliane gab ihm zu verstehen, daß er in seiner Ecke bleiben sollte. Wütend hielt sie den Finger auf der Klingel. Die Tür öffnete sich wieder.

«Hab dir doch gesagt, zieh Leine!»

«Bitte, ich weiß, daß Anna da ist ...»

«Hör zu, du Schlampe, ich ...»

Etwas verschlug ihm die Sprache. An seiner Kehle saß ein großes, funkelndes Chirurgenskalpell, das Lili blitzartig aus ihrer Tasche gezogen hatte. Er versuchte, ihr das Messer zu entreißen, die Klinge rutschte ab, und schon floß sein Blut. Er gurgelte nur noch vor Panik, als wir ihn beim Arm nahmen, das Haus betraten und die Tür hinter uns zuwarfen. Der Typ machte sich eindeutig in die Hosen. Ich dachte schon, es hätte seine Halsschlagader erwischt. Während der Finne ihn mit seiner Gummikeule in Schach hielt, nahm Lili ein Handtuch, das auf einem Heizkörper rumlag, und preßte es dem Macker auf die Kehle. Mir flatterten die Knie.

«Aber Lili, es war doch nicht gleich nötig, ihn ...»

«Und was ist mit den Kindern?» unterbrach sie mich und blitzte mich empört an. «War das nötig?»

Ich senkte den Blick. Sie war mitten in der wilden Jagd. Ihre lang unterdrückte Zerstörungswut war unmöglich zu bremsen.

Der Knabe war kreidebleich, setzte sich auf den Boden und wagte nicht, seinen improvisierten Druckverband abzunehmen. Mit Tränen in den Augen beobachtete er uns. Noch drang kein Blut durch das Handtuch. Der Loddel war zwar an-, aber nicht aufgeritzt worden. Er stieß ein rauhes Krächzen aus.

«Er wird noch Lee Marvin Konkurrenz machen», sagte der Finne.

Harlette hatte bereits das Erdgeschoß inspiziert und stürmte jetzt, vier Stufen auf einmal nehmend, die Treppe zur ersten Etage. Liliane war hinter ihm. Ich folgte den beiden, weil ich die Idee hatte, daß ich Liliane daran hindern müßte, alles abzuschlachten, was sich bewegte. Ich hörte einen Schrei, einen dumpfen Schlag und das Poltern eines umkippenden Möbels. In einem der oberen Zimmer lag eine dunkelhaarige junge Frau der Länge nach auf dem Boden in einem Berg von Cremetöpfen und Parfümflaschen. Harlette kühlte seine geballte Faust.

«Das ist sie», sagte Liliane.

«Sie wird ein nettes Veilchen kriegen», kommentierte Stéphane. «Ich mußte franko voran, wie die Spanier sagen, sonst hätte sie sich das da geschnappt!»

Er zeigte auf die offene Kommodenschublade, in der ein riesiger schwarzer Ballermann in einem unförmigen Wust von Patronen, Lippenstiften, Wimpernrollern und Pillenschachteln untergetaucht war. Na also, wir hatten es geschafft, voll hinein ins pralle Leben, das mit unserem allerdings wenig zu tun hatte... Liliane war schon wieder auf der Pirsch. Draußen klappten Türen.

Plötzlich hörte ich, wie sie in Schluchzen und Schreie ausbrach. Wir stürzten zu ihr. Sie lehnte in einem offenen Türrahmen und schaute mit weit aufgerissenen Augen in den Raum, zitternd wie Espenlaub, die Hände vor den Mund gepreßt.

Auf einem schmalen Bett mit einer grauen Decke lag ein Kind, blond wie der Weizen im Sommer. Seine Augen waren geschlossen, seine Arme waren an die Bettpfosten gefesselt.

Für einen harmlosen, warmen Sommernachmittag in Nizza war das entschieden zuviel...

17

Klarer Fall, daß wir die Fesseln, die dem Kleinen angelegt worden waren, nun dazu benutzten, um Anna an ihr Bett zu schnallen. Etwas weniger klar war es, daß Liliane die Knoten sehr fest zudrehte. Mit fast blau angelaufenen Händen stöhnte Anna in einem fort, obwohl sie immer noch weggetreten war durch den Schwinger, den ihr Harlette verpaßt hatte.

Lili war inzwischen unten gewesen, um die Eingangstür abzuschließen, und hatte bei der Gelegenheit dem Zuhälter noch ein paar passende Worte gesagt. Dann war sie wieder nach oben gekommen, um uns dabei zu helfen, den Kleinen loszubinden. Er atmete normal, zeigte aber keine Reaktion, sondern ließ sich bewegen wie ein nasser Lappen.

«Der ist high bis über die Ohren», sprach Harlette.

Nach und nach wurde ich wieder ruhig und fühlte mich sogar fast zufrieden und zuversichtlich. Anna brauchte uns bloß noch zu helfen, damit wir die Sache der Polizei übergeben konnten. Alles, was sich Liliane eingebildet hatte, war jetzt Tatsache. Handel mit Kindern... Innerlich hatte ich mich immer gegen diese Möglichkeit gewehrt und eher mit irgendwelchen einsamen Sadisten, mit Unfällen oder unerklärlichen Fluchtversuchen gerechnet. Aber hier sah ich mit einemmal, was uns unser feines gesellschaftliches System so alles beschert, was man für Geld so alles tut und wohin der Mangel an geistiger Kultur führt. Kinder zu verkaufen wie eine Ware, wie ein Stück Fleisch... Im Grunde nichts Neues, denn die Zeiten der Sklaverei und der plombierten Züge lagen noch gar nicht weit zurück.

Liliane war wieder zu Anna Calesse gegangen und beobachtete sie ganz still. Die Lippe der Kindesentführerin war leicht gespalten, unser Mann von der Versicherung hatte ganze Arbeit geleistet. Sie sah uns fragend an und wollte etwas sagen, aber Lili schnitt ihr bereits das Wort ab.

«Hör mir gut zu, du Dreckstück. Mein Sohn ist seit sechs Monaten verschwunden und sicher auf die gleiche Weise, wie der Kleine von nebenan verschwinden sollte... Mit viel Geduld und Glück haben wir's geschafft, die Spur bis hierher zu verfolgen...»

Erschöpft fing sie wieder an zu weinen. Anna betrachtete sie und begann konvulsivisch zu zittern, bis Lili sie brutal ohrfeigte. Ich machte einen Ansatz, dazwischenzugehen, weil ich mich als Folterknecht nicht so ganz sehe, aber Lili sprach schon weiter, mit ihrer Kopfstimme:

«Es ist aus, jetzt bist du dran. Die Polizei wird sich deiner annehmen, und du wanderst in den Bau bis ans Ende deines Jammerlebens. Und weißt du, was die alten Knackis machen mit Vergewaltigern und Kindesmißhandlern? Du kannst machen, was du willst, du wirst ihnen nicht entgehen...»

Das Mädchen war kurz vorm Durchdrehen, nach der Geschwindigkeit zu urteilen, mit der sie die Augen rollte. Sie suchte ihren «Beschützer», erhoffte sich irgendein Lebenszeichen von ihm. Ich wartete händeringend, daß sie plauderte, und zwar schnell, weil ich mich nicht imstande fühlte zu einem Verhör mit harten Bandagen. Ganz im Gegensatz zu Lili, die das wohl gerne und mit Eifer übernehmen wollte. Sozusagen von Frau zu Frau. Rätselhafte Abgründe für unsereinen.

«Also, was machen wir jetzt?» fragte ich.

Harlette zog uns aus dem Zimmer des Mädchens. Draußen auf dem Treppenabsatz kam mir die Sache total unwirklich vor. Binnen einer Stunde war alles aus dem Ruder gelaufen. Es war kein Spiel mehr, denn wir hatten einen Verletzten und eine Gefangene.

«Soll ich die Bullen rufen?» fragte Harlette.

Liliane schaute wortlos auf den Boden. Begütigend legte er ihr die Hand auf die Schulter.

«Hör mal, wenn sie alles ausspuckt, werden die Bullen viel schneller weiterkommen und deinen Sohn mit größerer Wahrscheinlichkeit finden als sonst irgendwer… Wir sind jetzt einfach überfordert und der Sache nicht mehr gewachsen. Unsern Teil haben wir getan…»

«Ist schon gut», antwortete Liliane zitternd.

Mir fiel ein Stein vom Herzen.

«Inzwischen werden wir ihr ein paar Valium verpassen, damit sie ruhig bleibt. Ich hol mal ein Glas.»

Damit bin ich zur Treppe, auf der eben der Finne erschien. Leichenblaß.

«Was hast du?» fragte ich.

«Der Macker da unten… er macht keinen Mucks mehr…» Fassungslos sind wir die Treppe runtergesaust. Tatsächlich, bleich und verkrümmt lag der Bursche da und bewegte sich nicht mehr. Wir haben ihn geschüttelt, ihn gekniffen, seinen Puls gefühlt. Keine Reaktion.

Dann haben wir seine verkrampfte Hand von dem blutgetränkten Tuch gelöst. Er hatte einen ganz netten Schnitt an der Kehle, aber der allein war es wohl nicht gewesen.

«Er ist tot», hörte ich mich sagen. Worte, die ich wahrscheinlich hundertmal gelesen hatte, die so einfach klangen und doch soviel Unbegreifliches in Gang setzten, daß sie schwer über die Lippen kamen. Alles hatte sich geändert, der Tod stand im Raum. Das Unwiderrufliche. Es war immer und überall gegenwärtig und konnte jedem plötzlich und ohne Vorwarnung begegnen.

Auch Harlette war blaß geworden, ging zu den Fenstern, schloß sie und zog alle Vorhänge zu. Die Hitze mußten wir eben aushalten.

Inzwischen waren wir alle vier in der Diele und steuerten unmerklich auf die Küche zu. Schmutziggelb. Ich trank ein Glas Wasser, das nach Fisch roch.

«Auf das Ding hin ...» sagte der Finne.

«... können wir die Bullen nicht mehr rufen», fuhr Harlette fort.

Ich drehte mich zu Liliane um und explodierte:

«Verdammte Scheiße! Du hast ihn umgebracht, kapierst du! Du hast getötet! Ist dir klar, was das jetzt für uns bedeutet? Ist dir das klar?»

Liliane fing an zu weinen. Wir sahen sie an, als ob wir irgendwas erwarteten. Aber was?

«Der Vater von dem Kleinen da oben», sagte sie, «was glaubt ihr wohl, was der getan hätte, wenn er sein Kind in diesem Zustand gefunden hätte?»

«Es ist trotzdem eine Schweinerei!»

«Hör zu, Zoj – wär's etwa keine Schweinerei, wenn man deinen Sohn zwingen würde, in einem Hinterhofbordell dreckige alte Kerle zu lecken?»

Mir wurde plötzlich klar, wie weit ich innerlich von Zoltan entfernt war, der seine Kindheit in Wirklichkeit mit seinem Großvater verbrachte. Aber... pfeif drauf! Ich hab mir eine Antwort verkniffen und Lili in den Arm genommen.

«Also, ich meine, wir sollten die Diskussion über Notwehr vielleicht auf später verschieben», sagte Harlette. «Der Louis muß verschwinden. Wie Jérôme Kaspar. Die Polizei wird ihn sicher nicht so bald vermissen. Wir sind die einzigen, die Bescheid wissen... Und es ist der einzige Weg, weiterzumachen, die einzige Möglichkeit, nicht im Bau zu landen.»

«Und die Mieze da oben, die braucht's auch nicht zu wissen», meinte Marco strahlend.

Ich hatte meine Nase in Lilis duftendem Haar vergraben und war nicht sehr begeistert, wie schnell sich die beiden an den Horror gewöhnt hatten.

«Ich weiß, wie wir ihn loswerden», fuhr der Finne fort.

«Ja und?» brüllte ich, «und inwiefern bringt uns das weiter?»

«Ja, also... dann isses doch wieder wie vorher.»

Ich hab mich aufgerafft und bin mit Liliane nach oben zu der Schnalle, um ihr zwei Beruhigungspillen einzuflößen. Wir haben ihr die Nase zugekniffen, damit sie den Mund aufmachte. Liliane hat ihr noch mal ein paar runtergehauen und sie wieder ausgefragt. Diesmal etwas sanfter.

«Dein Macker hat sich aus dem Staub gemacht. Du bist ganz allein. Vielleicht machen dich seine Kumpels noch kalt, bevor die Bullen hier aufkreuzen. Wie bei Mutter Kaspar... Du tust dir also einen Gefallen, wenn du uns weiterhilfst. Und zwar schnell.»

Danach sind wir wieder runter. Der Finne hatte inzwischen einen ziemlich großen, bläulichen Koffer aufgetrieben, bei dessen Anblick mir gar nicht wohl war. Hab blitzschnell gecheckt, was er damit vorhatte, und mußte mich unheimlich zusammenreißen, um den beiden zu helfen, die Leiche in das Ding reinzustopfen und kräftig draufzudrücken, damit auch die Knie reinpaßten.

Anschließend haben wir die Stelle gesäubert, wo der Typ zu Boden gegangen war und Blut unter sich gelassen hatte. Seifenlauge und Bürste waren angesagt.

Ich mußte mich zweimal übergeben, und Harlette hatte sehr merkwürdige Hustenanfälle.

*
* *

Wir warteten die Dunkelheit ab und überlegten inzwischen, wo wir hingehen sollten. Marcos Bude kam nicht in Frage, über der hing die Kontrolle vom Gesundheitsamt wie ein Damoklesschwert. Mir kam eine Idee: Henri. Mit dem blauen Koffer wollt ich nichts mehr zu tun haben, ich konnte mich nicht entschließen, den toten Körper noch mal anzufassen, nicht mal durch das blaue Stahlblech dieses grotesken Sargs.

Als die Straßen endlich im Dunkel lagen und durch die wieder offenen Fenster der Musikvorspann der abendlichen Fernsehnachrichten zu hören war, holte Harlette den Peugeot und fuhr ihn direkt vor den Hauseingang. Wir verstauten den Koffer im Gepäckraum.

Niemand ließ sich draußen sehen. Alle hingen an den Lippen des Nachrichtensprechers.

Harlette und der Finne fuhren ab. Unbekannten – oder besser gesagt: italo-finnischen Zielen entgegen.

Im Garten nebenan tönte unbegreiflicherweise das müde Krächzen eines halbverschlafenen Hahns.

18

Mit mäßiger Geschwindigkeit fuhren sie über die Moyenne Corniche in Richtung Villefranche.

Da ihnen nicht nach Reden zumute war, hatten sie eine Kassette mit fetziger Musik eingelegt. Scheiß-Rock, dachte der Finne, dem das zuwider war, weil er die Worte nicht verstand. Scheiß-Rock, dachte Harlette, der nur auf Jazz stand. Aber Rock war genau richtig, dachten beide, weil damit die Fahrt wenigstens etwas Fröhliches hatte.

Sie begegneten einigen Polizeiwagen und kamen so mehrmals in den Genuß eines Adrenalinstoßes. Zur Entspannung erzählte Harlette eine Geschichte, die wirklich passiert war und die ihm dieser Situation angemessen schien: Ein Ehepaar fährt mit der Großmutter nach Spanien in Urlaub. Ungefähr bei Bilbao hat die Oma dummerweise einen Herzanfall und gibt den Löffel ab. Das Paar, fix und foxi, denkt mit Grauen an die Bestimmungen, den Papierkram, den Trouble bei der Rückfahrt mit den Grenzern, an die Plomben auf der Zinkwanne, die Kosten und den ganzen andern Mist. Sie wickeln also die Omi in die Zeltplane, legen sie auf den Dachgepäckträger und fahren zurück über die Grenze. Die beiden sind in Schweiß gebadet, aber alles paletti. In Hendaye halten sie an, um sich in der erstbesten Pinte einen in den trockenen Hals zu gießen, bevor sie ihre heiße Fracht abladen und das Ableben der lieben Verwandten bekanntgeben. Wie sie aus der Bude rauskommen, hat man ihnen die Karre gestohlen. Das Gesicht, das die gemacht haben...

«Und erst die Autoknacker...» ergänzte der Finne, etwas angespannt.

Sie wandten sich allgemeineren Themen mit Schwerpunkt Metaphysik zu: Ein Körper ist ein Körper, und wenn kein Leben mehr in ihm steckt, taugt er ungefähr soviel wie ein kaputtes Getriebe (Marcos Version) oder eine leere Flasche Tequila (Harlette). Ein toter Körper ist nur ein Stück Verpackung, ein nutzloses Objekt. Und deshalb kann man auch darüber lachen, ohne daß es einem was ausmacht. Außerdem einigten sich die beiden darauf, daß sie nicht an Gespenster glaubten, und sie betonten andeutungsweise, daß sie zwar in eine beschissene Geschichte reingeschliddert waren, aber daß Zoj schließlich ein Kumpel war, ein dufter Typ. Diese Liliane kam ihnen nicht ganz dicht vor, aber jetzt ging es in erster Linie um Zoj, weil er bis zum Hals drinsteckte. Und sie beide auch.

Nach dem Cap de Nice führte die Corniche an der Villa Maeterlinck vorbei. Rechts davon wies der Finne auf eine Umleitung, eine leidlich befahrbare Schotterstrecke, reserviert für Baufahrzeuge. Eine Kette versperrte die Zufahrt, ein leicht angerostetes Vorhängeschloß blinkte im Dunkel auf. Marco zog seine Brieftasche, in der sich einige feine Stahlfeilen befanden, nach Größen sortiert. Innerhalb von zehn Sekunden hatte er das Schloß geöffnet und die Kette heruntergelassen. Sie knirschte unter dem Druck der Reifen, als sie darüberfuhren. Der Finne spannte sie wieder zwischen den Pfosten, dann krochen sie ohne Scheinwerfer in Zeitlupe etwa fünfzig Meter den Weg entlang.

Sie befanden sich jetzt unterhalb der Straße und auf der Spitze einer Felswand. Tief unter ihnen das lärmende Meer, dunkel wie ein riesiges Tintenfaß. Harlette schaute in das schwarz gähnende Loch.

«Da drin liegt ein Vermögen», sagte der Finne. «Was ich da nicht schon alles reingekippt hab! Schon allein mit den Kilos könnte ich dir deinen Laden sanieren ...»

Während sie über sich von Zeit zu Zeit ein Auto vorbeisausen hörten, holten sie den blauen Koffer heraus, schwangen ihn dreimal hin und her und warfen ihn in den leeren Raum unter dem Sternenhimmel. Der Aufprall im Wasser war kaum zu hören.

«Wie bei Valery ...» scherzte Harlette etwas gequält.

*
* *

Ich war in der Küche sitzen geblieben, völlig mit den Nerven runter. Die Schultern taten mir weh, die Brust ebenfalls. Liliane nahm mir gegenüber Platz und schaute mich lange an.

«Alles ist plötzlich so schnell gegangen», sagte sie.

Wie wahr. Etwas Glück, ein paar Zufälle und die seltsame Verbissenheit, mit der ich mich reingeschafft hatte.

«Für dich jedenfalls», fuhr sie fort, «ich bin ja schon sechs Monate dabei ...»

Benommen, den Kopf gesenkt, gab ich immer noch kein Wort von mir. Aber ich dachte angestrengt nach, überschlug blitzschnell die Vor- und Nachteile der Situation.

«Es tut mir leid», sprach sie weiter.

«Was tut dir leid?» brauste ich auf. «Was? Daß du einen Zuhälter abgestochen hast?»

«Nein.»

«Also, was dann?»

«Nein, ich bedaure, daß du nicht mehr zurück kannst, jetzt nicht...»

«Das weiß ich auch. Und was das Schlimmste ist – ohne daß ich was gemacht habe...»

Sie sprang plötzlich auf, stellte sich an das Spülbekken und umklammerte es mit beiden Händen.

«Zoj... Wir werden den Kleinen seinen Eltern wiedergeben, seinem Vater. Vielleicht ist das so ein Typ wie du, vielleicht auch ein Armleuchter – aber auf alle Fälle wird dieser Typ vor Glück zerspringen. Oder die Mutter, jemand wie ich, seit Tagen nicht mehr lebendig, oder meinetwegen irgendeine dämliche Gans egal, sie wird heulen wie ein Schloßhund vor Erleichterung. Und das werd ich auch, eines Tages, wenn der Himmel es will. Und an dem Tag wirst du vielleicht auch weinen, und dein Vater ebenfalls, wenn du ihm das erzählst, und Zoltan wird überhaupt nicht wissen, worum's geht, und weiter diesen Abschaum reizen, mit seinen blonden Haaren...»

Mir wurde eng. Ich bin aufgestanden und zu ihr gegangen. Sie trug ihre durchbrochene Spitzenbluse. Durch die Lücken des leichten Stoffes konnte ich den großen Bluterguß oben auf ihrer Schulter sehen, ein dunkler Fleck auf ihrer Haut. Ich legte vorsichtig meinen Kopf darauf und pustete ihn sachte an. Mein warmer Atem drang durch die Spitze, die ihre Schulter bedeckte.

Sie erschauerte, drehte sich langsam zu mir um und sah mich an. Wir nahmen uns in die Arme und blieben einen langen Augenblick umschlungen stehen, bis uns ein Gefühl von Scheu und Unbehagen wieder trennte.

«Wir haben zu tun», sagte sie.

Wir bewaffneten uns mit Lappen und machten uns geduldig daran, alles zu säubern, jeden Fingerabdruck zu entfernen, von jedem Stück, das wir möglicherweise berührt hatten.

19

Locker und selbstsicher, als hätten sie sich eben einen guten Scherz geleistet, tauchten Harlette und der Finne wieder auf. Sie waren hart an der Grenze zu lauten Heiterkeitsausbrüchen, was mich nicht mehr wunderte, als ich die Flasche Wodka entdeckte, die Stéphane in der Hand hielt.

«Der muß doch ein Rad ab haben», sagte er, «wollte doch tatsächlich Fernet Branca kaufen!»

Wir erzählten ihnen erst mal, was inzwischen passiert war, wozu wir uns entschlossen hatten und wie wir's machen wollten: Abgang mit zwei Autos. Lili, der Junge und Harlette in dem Peugeot. Ich, der Finne und das Miststück in dem Autobianchi. Richtung La Colle. Unterwegs sollte Liliane den Kleinen freilassen, den man sicher bald finden und der sich – außer vielleicht an Anna und den verschwundenen Zuhälter – an nichts erinnern würde. Danach wollten wir uns alle bei Henri treffen.

Wir mußten uns beeilen, damit Anna weiter an die Möglichkeit glaubte, daß ihr Macker zurückkam. Sie konnte selbst gar nicht schnell genug wegkommen, weil sie aus Angst um die eigene Haut gestanden hatte, daß ihr «Beschützer» Kaspars Frau aus dem Weg geräumt hatte. Jetzt war sie davon überzeugt, daß er es mit ihr genauso machen würde.

«Hat sie alles ausgespuckt?» fragte Harlette.

«Nein, nur das. Wir können sie hier nicht weiter aushorchen, wir müssen weg. Sie soll ruhig glauben, daß wir irgendwelche Anfänger sind und sie brauchen. Uns zu helfen ist für sie die einzige Chance, sich aus der Affäre zu ziehen. Sie darf nicht wissen, daß wir die Bullen nicht mehr rufen können. Und alles hängt davon ab, was sie uns erzählt...»

«In welchem Zustand ist sie?» fragte der Finne.

«Gefesselt und vollgepumpt mit Valium», antwortete Lili.

*
* *

In eine Decke gewickelt, schlummerte das blonde Kind auf der Rückbank des Peugeot. Liliane hatte während der ganzen Zeit schützend ihre Hand auf ihm liegen. Harlette saß am Steuer mit einem heiteren Lächeln, das sein Gesicht noch runder machte. Die Nacht war lau, schwach und verschwommen glänzten ein paar Lichter, alles schien von einem öligen Schein umgeben und wegzugleiten, die Reifen auf dem Asphalt, die feuchten Hände auf dem Holzlenkrad und manchmal auch die Stimme von Lili.

In Saint-Laurent-du-Var hielten sie am Straßenrand bei einer überdachten Bushaltestelle, im Schatten einer defekten Straßenlaterne. Es war spät in der Nacht, die Autos waren von der Straße verschwunden, untergetaucht im Dunkel der schlafenden Vorstädte. Die Zeit, in der den Nachtschwärmern die Stunde schlägt. Bleierne Schädel im Morgengrauen.

Liliane rutschte in den Wagenfond, hob vorsichtig die Decke hoch und küßte den Jungen auf seine geschlossenen Augen. Dann nahm sie ihn hoch und legte ihn auf die harten Bänke der Bushaltestelle. Schnell war sie wieder im Auto, Harlette ließ den Motor an, bog sofort rechts ab, dann nach links und wieder nach rechts. Man konnte nie wissen. Er fuhr eine Weile geradeaus und prüfte mit einem Blick in den Rückspiegel, ob alles normal war – immer in dem Bewußtsein, daß in dieser Sommernacht eigentlich alles jenseits des Normalen war... Ein brennend heißes Stück Leben. Aber nichts, sie waren allein auf einer Straße voller Landhaus-Imitate. Er seufzte erleichtert auf und entspannte sich.

«So, jetzt hab ich mich verfahren», sagte er.

*
* *

Henri steckte seinen zerknautschten Kopf durch die Tür, entdeckte mich und rief:

«He, was ist los? Sind die Russen im Anmarsch?»

«Henri», sagte ich, «ich biete dir die Story deines Lebens!»

«Was denn? Daß Hinault ein Schwuler ist?»

«Nein, nichts für die Sportseite. Fürs Titelblatt, fünf Spalten...»

«Donnerwetter! Vielleicht: Konservativer Bürgermeister von Nizza spionierte für den Osten?»

Er riß die Tür weit auf und suchte draußen Polizei, Spione, ganze Armeen. Alles, was er fand, war ein kleines schwarzes Auto mit einem Paar auf der Rückbank. Er ging auf den Wagen zu und erkannte den Finnen, in dessen Arm eine hübsche, aber etwas schlaffe Braut mit dunklem Haar hing.

«Ich werd dir alles erklären», sagte ich.

*
* *

Zwanzig Minuten später war er hellwach, was für seine Verhältnisse ein Beweis für höchstes Interesse war. Aber noch mehr für einen ziemlich typischen und ziemlich verständlichen Anfall von Angst.

«Und niemand weiß, daß ihr das wart?»

«Nein.»

«Niemand hat euch gesehn?»

«Nein.»

«Und der Typ? Kann der euch nicht finden?»

Ich hatte ihm natürlich nicht alles erzählt.

«Nein», betonte ich noch einmal, «der wird sich ganz dünn machen, sonst hat er alle am Bein. Die Polizei, seine Kumpane, seine Auftraggeber …»

«Es sei denn, er ist vor euch bei den anderen und warnt sie, um alles zu stoppen. Dann findet die Polizei nichts.»

«Die können sich ja die Mieze zur Brust nehmen …»

«Na und, warum kommt ihr dann zu mir, statt direkt zu den Polypen zu gehn?» brüllte Henri.

Mit seinem Durchblick hatte ich nicht gerechnet, nur mit seiner zuverlässigen Freundschaft. Glücklicherweise behielt ich recht, denn er wartete nicht auf eine Antwort, sondern flitzte zu seinem Kühlschrank, nahm einen Weißwein heraus und trank einen kräftigen Schluck aus der Flasche. Fusel am Morgen, auf nüchternen Magen, er war gut drauf.

«Super!» sagte er. «Endlich *action* …»

Aber dann war schon wieder die Luft raus; er wurde blaß, weil er hörte, wie vor seinem Eingang ein Auto bremste und mit rutschenden Reifen zum Stehen kam.

Ich schaute aus dem Fenster. Lili und Harlette waren zurück. Allein.

«Du kannst jetzt deine Zeitung anrufen und dir zwei Spalten reservieren lassen. Demnächst wird man einen verlorenen Sohn wiederfinden.»

Henri stürzte sich auf einen Stapel Zeitungen, wühlte darin herum, fischte ein Exemplar des *Nice-Matin* heraus, riß es fast in Stücke beim Durchblättern und zog schließlich eine Seite heraus, die er mir unter die Nase hielt.

«Ist er das?»

Er war's. In einer Suchmeldung. Mit seinen hellen, fast weißen Haaren. Hier auf dem Foto, das nicht sehr gut war, hatte er die Augen auf. Er wirkte etwas steif, aber trotzdem ganz froh.

«Ja», sagte ich leise.

Ich sah auf das Datum der Zeitung. Sie war eine Woche alt. Eine Woche hatte der Kleine also bei seinen Entführern verbracht. Festgebunden und vollgestopft mit Chemie. Seine Eltern hatten sicher seit acht Tagen glühende Zangen im Bauch und im Kopf.

Henri nahm das Blatt wieder und betrachtete das Foto.

«Ich glaub, da geht gleich der ganz große Jubel ab», meinte er schlicht.

Er trank noch einen Schluck Wein, schüttelte sich und sah mich herausfordernd an.

«Denn mal los, hinein in die Scheiße!»

20

Harlette hatte schon ein Starrkrampf vor Müdigkeit und ist zurück in seine Metropol. Der Finne wollte zuerst den Autobianchi loswerden und dann mal nachsehen, ob womöglich irgendwelche Kunstfreaks oder Denkmalschützer seine Liegenschaften aufgespürt hatten.

Die Jungs wollten sich im Laufe des Tages wieder melden und sich nach Neuigkeiten erkundigen. Dann wollten wir weitersehen.

Wie ich sah, hatte sich Lili inzwischen wieder im Griff. Sie war entschlossener denn je und hatte seit mindestens einem halben Tag nicht mehr geheult.

Oben im blauen Zimmer, hinter geschlossenen Vorhängen, die Hände an die Bettpfosten gebunden, war Anna allmählich zu sich gekommen. Sie war in Alarmstimmung, stellte eine Frage nach der andern und stieß mitunter ausgesprochen unfeine Drohungen aus. Wir mußten ihr leider wieder mit dem Mundpflaster winken, um sie ein bißchen friedlicher zu stimmen. Bei jeder Gelegenheit fragte sie, was wir eigentlich von ihr wollten, als ob sie nicht genau gewußt hätte, was Sache war.

Ich hatte keine besondere Eile, zu ihr nach oben zu gehen, weil ich unschlüssig war, ob ich mir ihre Geschichte anhören sollte. Vielleicht war ich unbewußt nicht bereit, mich in Sachen reinzuschaffen, denen ich überhaupt nicht gewachsen war. Das konnte doch alles gar nicht wahr sein: Ausgerechnet wir, die fröhlichen Jungs von nebenan, die drittklassigen Ersatz-Capones mit dem lammfrommen Gemüt, wir versteckten uns in einem Haus mit einer verkommenen Person, einer ans Etagenbett gefesselten Mörderin. Ein Miststück, das über einen Schieberring Bescheid wußte, mit dem wir uns unmöglich anlegen konnten.

Liliane hatte inzwischen genug Zeit gehabt, den Gedanken an ihren Sohn nachzuhängen, sich immer wieder sein niedliches Kindergesicht vor Augen zu führen, als ob sie einen gerissenen Film zusammensetzen oder ein zerkratztes Foto vervollständigen müßte. Sie hatte auch Zeit genug gehabt, sich wieder auszumalen, was er jetzt gerade tat oder über sich ergehen lassen mußte.

Ich spürte, wie die Wut wieder in ihr hochkam, und ich begriff, daß sie keine Zeit zu verlieren hatte, daß für sie jede weitere Minute schmerzhaft war, weniger Glück und zusätzliche Verbrechen bedeutete. Aber auch sie war noch unschlüssig, zögerte den Augenblick hinaus, bevor sie mehr erfahren würde, bevor sie Gewißheit haben konnte und bevor sich neue Bilder in ihrem Kopf festsetzen würden. Bilder, die sie verfolgen würden in ihren Alpträumen, in ihren wachen und in ihren wahnhaften Momenten, bis zu dem fiktiven Tag, an dem sie ihren Sohn wiedersehen würde, tot oder lebendig. Und dann merkte ich, daß sie sich entschieden hatte.

Henri war eben aufgebrochen zu seinen Aktivitäten als Sportjournalist. Ich hatte Schmerzen in den Beinen, wie bei einem Grippefieber.

Liliane ging zu dem Schreibtisch unseres Gastgebers

und griff gedankenvoll nach einer der Zangen, mit denen man Heftklammern löst. Sie probierte sie aus und betrachtete die gekrümmten Enden, als wären es die Giftzähne einer Schlange. Dann schaute sie zu mir, mit einem Blick, der mir durch Mark und Bein ging. «Also... Ich geh jetzt. Du bleibst hier... Das ist eine Sache unter Frauen...»

Sie ging in die obere Etage, laut auf die einzelnen Holzstufen tretend. Ich sackte in einem Sessel vor dem Fenster zusammen und betrachtete die wuchernden malvenfarbenen Glyzinien. Im Radio wurde von einem Eisenbahnunglück berichtet.

*
* *

Nach einer Stunde hielt ich es nicht mehr aus. Von oben drang kein Laut zu mir. Es hatte nichts genützt, das Radio auszumachen, denn der Verkehr von der Rennstrecke Vence-Cagnes donnerte dermaßen, daß mir alles von da oben wie die Stille vor dem Sturm vorkam. Zwischendurch war ich einmal oben gewesen, hatte mich aber nicht getraut, das Ohr an die Zimmertür zu legen, denn mir war so, als hätte ich ein ersticktes Stöhnen gehört. Ich fragte Lili, ob alles in Ordnung sei, und sie antwortete mir mit einer seltsam tonlosen Stimme:

«Geh wieder nach unten, bitte...»

Gerade war ich im Begriff, noch mal hochzugehen, als ich hörte, wie eine Tür heftig zugeschlagen wurde. Mit ein paar Sätzen war ich auf der oberen Etage, und als ich am Badezimmer vorbeikam, sah ich, daß Lili über der Wanne hing und sich übergab.

«Was ist los?»

«Nichts», antwortete sie.

Dann setzte sie sich auf den Wannenrand und fing

wieder an zu weinen. Ganz leise und zerquält von der gleichen nackten Verzweiflung wie in den alten Tagen totaler geistiger Verwirrung.

Etwas beunruhigt bin ich rüber zu dem Zimmer und hab die Tür geöffnet. Anna lag halb entkleidet auf dem Bett. In Schweiß gebadet, das Haar klebrig-feucht auf dem nassen Kissen. Sie beobachtete mich unter halbgeschlossenen Lidern.

«Deine Alte ist ein gemeines Biest», sagte sie mit einer merkwürdigen Falsettstimme.

«Ist nicht meine Alte.»

Mir war klar, daß Liliane bekommen hatte, was sie wollte. Jetzt weinte sie, weil sie alles wußte. Ihre Tränen flossen über den Wannenrand und trafen unten auf ihre früheren Absonderungen, die mit Sicherheit ihrer Vorstellung von der Welt entsprachen.

Ich hörte, wie sie Wasser laufen ließ und das Bad reinigte. Sie war wieder aktiv, hatte sich wieder im Griff. Leise schloß ich die Zimmertür, ging nach unten, trank ein großes Glas Wein und wartete, daß sie zu mir kam, um mir mitzuteilen, auf welchem Weg wir in unser Verderben rennen sollten.

*
* *

Sie hat mir alles erzählt. Von den Zahlungen, den Entführungen, dem Verschleppen der Kinder. In ein Land, das ungenannt bleiben soll, weil es nicht die Schuld seiner Bewohner ist. Sie hat mir berichtet, wie der Macker den Auftrag erhielt, die Frau von Kaspar zu eliminieren, die zuviel gewußt und auch geahnt hatte, daß ihr Mann beseitigt worden war. Sie hat mir erzählt, wie die Übergabe des Jungen jetzt ablaufen sollte. Anna und ihr Zuhälter sollten es machen wie Kaspar. Bei Nacht. Per

Boot, und zwar am 10. Sie hat mir erzählt, wie die Treffen verabredet wurden, daß man unmöglich selbst Kontakt aufnehmen konnte, sondern auf die vereinbarten Anrufe warten mußte und daß sie Anna die Freiheit versprochen hatte, wenn sie uns dabei helfen würde, an die Drahtzieher auf dem Schiff heranzukommen. Sie hat mir erklärt, daß es einstweilen nicht in Frage kam, die Polizei zu benachrichtigen, weil die zwangsläufig als erstes nach dem Zuhälter fahnden würde, und weil sie im übrigen nur bedingtes Vertrauen hatte in die Methoden der Ordnungshüter, die den Fisch sicher wieder von der Angel lassen und die einzige Chance verpatzen würden, die Verbindung nach oben aufzunehmen. Und dann könnte man einpacken.

Sie hat gesagt, daß sie uns braucht.

Die Worte waren wie ein Wasserfall aus ihr herausgesprudelt, und mir waren eine Menge Einwände dazu eingefallen, aber ich blieb stumm, überließ sie ihrem zweifelhaften Siegesgefühl, ihren Rachegelüsten, der Aussicht auf die nun folgenden Stationen ihrer Suche und dem Glauben, daß am Ende ihres sechsmonatigen Ausnahmezustands nur noch etwas Arbeit und dann die Gewißheit stehen würden.

Sie war wie eine Löwin, die eine Herde Elefanten zum Kampf fordert und von ein paar mickrigen Gartenzwergen Hilfe erwartet. Mit der Machete in der Hand drang sie in den Dschungel vor, für sie galten seine Gesetze nur bedingt.

Für mich war der Dschungel eine ziemlich finstere Angelegenheit.

Ein Wahnsinn.

Vor uns lag jetzt das totale Grau.

«Die Welt ist alles, was in ihr passiert», sagt Witt.

21

Ein komischer Tag. Wir haben nichts getan, einfach nur gewartet, im Haus herumgelungert und versucht, die immer wieder aufkommende Spannung zu unterdrücken. Ich überlegte pausenlos, was alles auf uns zukommen konnte, und ich sah nur eins: Seuche.

Wir mußten auf den entscheidenden Kontakt warten, der nach Annas Aussage, Ort und Zeit der Übergabe festsetzen würde. Durch einen Anruf am 8. in einer bestimmten Telefonzelle in Nizza. Danach würde sich zeigen, ob das Ganze ein Windei war oder nicht. Ich hatte in meinem tiefsten Innern die Idee noch nicht ganz aufgegeben, uns von der Polizei helfen zu lassen, denn ich sah mich eigentlich nicht im Clinch mit einer supervorsichtigen Gang von internationalem Kaliber. Harlette kam als erster wieder. Er hatte geschlafen, und seine Haut war wieder taufrisch wie eine Rose, ein Zeichen dafür, daß er topfit war.

Gemeinsam warteten wir geduldig auf den Finnen. Er war spät dran, und in unserer strapazierten Phantasie malten wir uns schon die schlimmsten Dinge aus. Aber dann kam er doch, in seiner lahmsten Kiste, dem 2300er

Fiat. Auf seinem Auge strahlte ein Veilchen, blau wie dicke Tinte.

«Die Stricher», erklärte er, «haben sich wieder den Panhard unter den Nagel gerissen. Waren mindestens zu fünfzehn, da konnt ich nicht gegen an...»

Es war zum Kugeln, da konnten wir auch nicht gegen an.

Dann wollten die beiden wissen, was sich getan hatte. Die ganze Chose noch mal runterzubeten brachte nicht viel, abgesehen davon, daß ich die Fakten ein bißchen ordnete, mir selbst noch mehr Angst machte und die Jungs echt aufhetzte. Für sie war das Ganze jetzt ein richtiges Abenteuer, Schwamm über die bösen Fallen und die kleinen Denkfehler. Eine internationale Gang auffliegen zu lassen... Sie sahen sich schon in Riesenlettern auf den Titelseiten! Als ob sie sich total zugeknallt hätten.

Etwas später kam Henri. Er war gut drauf, hatte den ganzen Tag damit zugebracht, die offizielle Bestätigung dessen abzuwarten, was wir ihm versprochen hatten, und brachte uns jetzt den Andruck von der Spitzenmeldung des morgigen *Nice-Matin*. Kind wieder da. Der kleine Alain. Der sich an nichts erinnert, außer an eine sehr nette Dame und an eine kranke Eule. «Wieder hat ein unglückliches, kinderloses Paar die Leere auszufüllen versucht...» lautete die blumige Erklärung des Reporters. Der Reporter hieß Henri. Er hatte alles darangesetzt, als erster bei den Eltern des kleinen Alain zu sein, tatsächlich war es ihm sogar gelungen, vor den Polizisten dort zu sein, und niemand hatte ihn gefragt, wie das möglich war, weil das ganze Viertel vor Freude aus dem Häuschen war.

Geduldig haben wir auch ihm alles auseinandergesetzt, und er hat wenigstens die nötigen Fragen gestellt. Beispielsweise die nach dem Kind. Das war das einzige, was uns fehlte für unser Vorhaben. Wir wollten ein Kind übergeben, ein blondes Kind. Aber woher nehmen? Liliane sah mich durchdringend an, totale Ratlosigkeit in den großen Augen. Niemand außer mir hatte den Blick gesehen, und ich hatte begriffen. Vor lauter Angst hab ich nichts gesagt. Das heißt, geredet hab ich schon, sehr schnell sogar, über irgendwas, damit niemand das Schreckliche aussprach. Wir mußten erst etwas zur Ruhe kommen, Liliane und ich. Heute war der 6., in zwei Tagen würden wir mehr wissen. Einstweilen mußten wir die Wachablösung organisieren.

«Ich hab meine Bude zugemacht», sagte Harlette, «für 'ne Woche. Von wegen Buchprüfung. Wenn die wüßten, die armen Irren ... In meinen Büchern würde sich höchstens der Geheimdienst zurechtfinden ...»

«Ich soll einen Trecker mit 'nem dicken Citroënmotor frisieren», sagte der Finne, «aber das kann ein paar Tage warten. Hat ja die letzten vierzig Jahre warten können ...»

Was mich anging, ich mußte zurück zur Sippe. Um sie zu beruhigen, um ihr mitzuteilen, daß ich für ein paar Tage außer Haus wäre, und vor allem, um zu schlafen, schlafen, schlafen. Liliane entschloß sich, mit mir zu kommen. Unter einem Dach mit Anna könne sie kein Auge zutun, sagte sie, und außerdem brauche sie einen kleinen Ortswechsel.

Alle schienen Verständnis zu haben.

Ich weiß nur nicht genau, wofür.

*
* *

Außer Zoltan war niemand beunruhigt, mich zwei Tage lang nicht gesehen zu haben. Ist doch was Schönes, die Familie. Der Alte mußte natürlich sein Röntgenauge auf Lili werfen. Er sah, daß wir völlig übernächtigt waren, lachte sich scheckig und war haarscharf davor, die üblichen Zoten abzulassen. Zoltan überzog mich mit letzten Meldungen vom Krieg der Sterne unter den Schrottfritzen der Côte, aber, ausgepowert wie ich war, hab ich nichts gerafft. Reichte gerade noch, seinen mageren Körper in den Arm zu nehmen, um wenigstens irgendwas Festes zu fühlen nach zwei Tagen Blindflug durch Dinge, die mir wie Sinnestäuschungen vorkamen.

Nachdem ich Liliane in meinem Zimmer untergebracht hatte, nahm ich mein Bettzeug und kletterte in meinem Saviem nach oben, um zu schlafen. Wann würde man mir endlich die Zeit lassen, mein Gästezimmer fertigzubauen?

Ich lag da und konnte nicht einschlafen. Hätte mir besser die Nase begießen sollen, um alles leicht, klar und selbstverständlich zu finden. Statt dessen trat mir bei der zunehmenden Nachtfeuchte in dieser dunklen Blechdose alles wieder vor Augen, als etwas Unmögliches, total Irreales. Wie sollte ich ernsthaft glauben, was uns da passierte? Sicher war alles nur ein großer Schwindel, der böse Traum eines Drehbuchschreibers.

Ein Schatten huschte an den Gardinen vorbei. Ein Parfüm. Ein Atem.

Ich versuchte, mich unter dem Bettuch zu verstecken, aber Liliane hatte sich schon neben mir ausgestreckt. Ihr Körper erschien mir weder kühl noch weich, noch anschmiegsam oder irgendwas anderes in dieser albernen

Preislage... Er hatte einfach sein Gewicht, und das lastete mir unverhofft auf der Seele. Ich wollte nichts empfinden, und doch...

Sie nahm meinen Kopf in ihre Hände und tauchte ihr Haar in meine Halsgrube. Ihr Schenkel schob sich über mich wie ein seidener Schleier.

«Zoj...»

«Mach schon», sagte ich leise, «ich warte nur darauf, daß du mich darum bittest.»

Sie zog sich hastig zurück.

«Es ist die einzige Lösung!»

Ich sagte nichts.

«Hilf mir, Zoj! Hilf mir, meinen Sohn zurückzuholen!»

«Ich will, daß du mich darum bittest...»

«Na gut.»

Ich spürte, wie sie zitterte. Dann – dessen war ich trotz der Dunkelheit sicher – flossen Tränen aus ihren offenen Augen.

«Zoj... Zoltan muß den Jungen spielen. Für die Übergabe. Das ist die einzige Möglichkeit.»

Sie hatte es ausgesprochen. Ich hatte trotz allem gehofft, daß ihr eine andere Lösung eingefallen wäre, aber aus ihrer Sicht gab es tatsächlich nur diesen Weg. Ich war durchaus bereit, ihr zu antworten, aber angesichts der Ungeheuerlichkeit, die sie von mir verlangte, war meine Kehle trocken. Sie legte ihren Kopf auf meine Brust, ich fühlte die blonden Locken, die Wange. Ein feuchtes Gefühl. Seltsamerweise mußte ich an den Schleim einer Schnecke denken.

«Du solltest mich nicht bestechen, Lili...»

Sie regte sich nicht.

«Ich kann nur hoffen, daß es nicht gefährlich wird»,

brachte ich schließlich heraus. Mein Hals war wie zugeschnürt, erlaubte mir keine deutlichere Zusage, wollte keinen Pakt besiegeln mit dem Blut eines anderen.

Ich zitterte plötzlich wie Espenlaub.

Später ließ das Zittern nach.

Wir blieben lange Zeit so liegen. Ich fühlte mich wie aus dem Wasser gezogen.

22

Freitag, der 8., 14 Uhr 50 Uhr. Seit zwei Tagen warten wir auf diesen Augenblick, diese Stunde, diese Begegnung, dieses Ende – vielleicht! – einer Geschichte. Der Finne wird in die Telefonzelle gehen, genau um 15 Uhr. Er wird den Anruf entgegennehmen, der von Gott weiß woher kommt, von einem Ort jedenfalls, an dem sich echtes Ungeziefer herumtreibt. Marco ist ungefähr so angezogen wie zuletzt der Zuhälter. Er hat die größte Ähnlichkeit mit dem Typen. Sicher ist sicher.

Seit einer halben Stunde lungere ich hier herum und versuche herauszufinden, ob irgendwo irgendwer wartet, um die Lage zu peilen. Ich hab alle Häuser mit allen Etagen und allen Fenstern beobachtet, um eventuell ein dickes Teleobjektiv auszumachen, was ein Zeichen dafür wäre, daß wir uns leicht übernommen haben und uns besser blitzartig verkrümeln. Wir haben reichlich palavert in den letzten zwei Tagen, nachdem sich die von Annas Eröffnungen erhitzten Gemüter etwas beruhigt hatten. Wir hatten null Bock, uns von einer ganzen Mafia aufmischen zu lassen, andrerseits gab es ja noch die Sache mit dem Sandkorn im Getriebe, das bekanntlich am besten wirkt, wenn man etwas nachlässig wird, weil die Maschine immer läuft wie geschmiert. Auch wenn das nicht hundertprozentig stimmte, wir setzten jedenfalls auf die Theorie ...

Die Telefonzelle lag in der Altstadt von Nizza, am Cours Saleya, direkt neben dem Blumenmarkt. Nicht weit von uns machten ein paar übriggebliebene Händler auf Poesie und röhrten Namen wie Anemone oder Geranie. Ich kaufte mir eine Zeitung, setzte mich auf die Stufen der Kirche zur Barmherzigkeit und beobachtete, wie der Finne Punkt zwei Minuten vor drei in die Zelle ging. Sie war leer, es gab nicht mal die übliche Störung. Keine Last damit, den Dauerschwätzer vor die Tür zu setzen oder den Finsterling zu mimen, um die Jungfer in die Flucht zu schlagen, die der Freundin seit zwei Stunden ihre Sünden beichtet.

Der Finne schaute auf seine Uhr. Zwanzig Sekunden vor drei. Es war alles völlig bescheuert. Warum nicht gleich mit dem Jenseits telefonieren? In weniger als einer Minute würden sie den klaren Beweis haben, daß die Nutte wild improvisiert und eine schwache Leistung geliefert hatte, Dreigroschenroman gemixt mit Riesenschiß, ein bißchen Gemeinheit und der stillen Hoffnung, sich in der Zwischenzeit absetzen zu können. Nur dumm, daß Lili ein Skalpell in der Tasche hatte – als Krankenschwester kommt sie ja dran –, daß sie kein bißchen zögerte, das Ding zu benutzen, daß sie sich in ihre sogenannten Gewißheiten verrannte, nur Scheiß baute und Marco jetzt in diesen Glassarg sperrte.

Das Telefon klingelte. Der Finne war total perplex und starrte ungläubig auf den Apparat. So einfach war das? Er räusperte sich, nahm den Hörer ab und sagte brav und deutlich den ersten Satz des Geheimcodes auf.

«Sie haben eine Frage?»

«Richtig.»

Eine flache, aber selbstsichere Stimme, aus der Routine, Zynismus, Verachtung und Brutalität sprachen.

«Wie heißt Ihr Lieblingsfilm?» fuhr die Stimme, scheinbar aus nächster Nähe, fort.

«Verbotene Spiele», antwortete Marco prompt.

«Ein sehr guter Film. Haben Sie einen Darsteller für die Rolle?»

«Ja.»

«Gut. Also, hören Sie. Sie werden ihn mir vorstellen, wie vereinbart. Fort d'Antibes. Voll Süden. 5. 75. Zwanzig Uhr. Ich wiederhole: Fort d'Antibes, 5. 75. Zwanzig Uhr.»

«Kein Problem.»

«Bis bald.»

Sie legten auf. Der Finne notierte die wesentlichen Punkte des Gesprächs in einem Heft: Lotrecht zum Fort d'Antibes Richtung Süden. 75 Minuten mit der Geschwindigkeit von 5 Knoten. Abfahrt 20 Uhr. Das war ziemlich weit hinaus aufs Meer. Er verließ die Telefonzelle, in Schweiß gebadet. Der Sommer hatte Nizza und seine Bewohner in den Krallen. Eine bunte Stadt mit den typisch südländischen, würzigen Gerüchen, aber auch mit all ihrer Undiszipliniertheit, ihrer Nachlässigkeit und ihren latenten Gefahren, die einen Eindruck von Krankhaftigkeit und Ekel erzeugten. Tatsächlich, Nizza war ein wenig ekelerregend hinter seiner goldenen und milden Fassade, die der Bürgermeister mit soviel Mühe aufbaute. Eben nur eine Fassade.

Der Finne entfernte sich in die Gassen der Altstadt und fiel in leichten Trab, um jeden Verfolgungsversuch zu vereiteln. Sicher war sicher. Ein toller Leitspruch. Ich beobachtete seinen Abgang und hielt Ausschau, ob ihm womöglich jemand folgte. Aber ich konnte nur beschickerte Touristen im Krebsgang und lässig schlendernde Eingeborene entdecken.

Ich bin zurück zum Auto und ab in Richtung La Colle. Die Decke aus Blei, die über unseren Köpfen schwebte, lastete immer schwerer, drückte uns zu Boden.

*
* *

Ich traf noch vor dem Finnen ein, er hatte wohl mehr Haken geschlagen als vorgesehen. Gut so, endlich bekam auch er es mit der Angst.

Henri hämmerte gerade Lilis gesammelte Leiden in die Schreibmaschine. Sie strengte sich mächtig an für ihre Mischung aus Erinnerungen, Eindrücken und Gewißheiten. Der arme Henri, jetzt bekam er zu spüren, wie es einem Journalisten für «Vermischtes» erging, wenn er nach Worten rang für die ganze Schlechtigkeit der Welt. Ich zündete mir eine Zigarette an. Liliane schaute mich mißtrauisch an und sah in mir offenbar die volle Skala von Verzweiflung bis Verweigerung.

Endlich tauchte Marco auf und berichtete voller Stolz und Nervosität von dem Telefongespräch. Die Gang existierte also tatsächlich, Lili hatte wieder gewonnen. Immer mehr Puzzlestücke paßten in das infame Bild, einfach so, als wär es nur ein Spiel.

Unbegreiflicherweise kamen wir mühelos voran, und niemand schien sich irgendwas dabei zu denken. Wenn in einer komplizierten Angelegenheit mal der Wurm steckt, meinte Henri, der offenbar meine Gedanken las, wird alles einfach, und man sieht plötzlich ganz klar, wie die Rädchen ineinandergreifen, zum Beispiel bei Spionageaffären oder bei politischen Verbrechen.

Wir brauchten jetzt ein Boot. Ich hätte nie gedacht,

daß mir mein Haß auf rostige Nägel mal so nützlich sein würde. Mit den Nägeln aus Vaters Trickkiste war ich auf die erste Spur gekommen, und das Boot, dem die Dinger inzwischen als Ballast dienten, würde ich mir jetzt ausleihen. Dazu mußte ich nur meinen Alten holen, ihn zum Hafen von Antibes mitnehmen, kräftig mit Pastis abfüllen und den Deal mit ihm beschließen. Und in der Zwischenzeit bloß nicht an Zoltan denken, am besten gleich flüchten, wenn ich ihn sah, und vor allem: keine Silbe davon zum Big Boss. Flucht war angesagt, vor mir selbst und besonders vor meinen Vatergefühlen. Alles vergessen und die Sache zu Ende bringen. Ergeben, wie die Zigeuner es nennen würden.

*
* *

Mein Vater hat mir nicht eine Frage gestellt. Das hat viele Gründe. Erstens bin ich erwachsen, das respektiert man bei den Roma, ich kann tun, was ich für richtig halte. Zweitens, weil ich ihn um seine Hilfe gebeten habe, das betrachtet er als Geschenk. Und drittens, weil ihn meine Studierversuche verunsichert hatten und es ihn jetzt beruhigte, mich kungeln zu sehen, und endlich das Zigeunerblut durchschlug, das Rumstromern, das Stammeszeichen mit dem großen «W» für Widerstand, der Abfalleimer und die Mülldeponie, die der Beweis dafür waren, daß die «gãjos» zu blöd waren, um aus dem, was sie für verloren, verdorben, zerbrochen oder überflüssig hielten, noch Geld zu machen.

Als ich mitteilte, daß ich Zoltan mitnehmen wollte auf den nächtlichen Ausflug am 10., war er nicht sehr begeistert. Er fand ihn wohl ein bißchen jung für eine Mitwirkung an Veranstaltungen, die sich hart an der Grenze des Verbotenen abspielten.

«Wie dem auch sei, du bist schließlich sein Vater», beschloß er.

Egal wie ich das interpretieren wollte – es tat weh und war von Übel. Die Sorte Übel, die man fühlt, wenn man sich entschließt, den Teufel anzurufen.

Vaters Kumpel, Fischer Cicco, blödelte tierisch rum mit Sprüchen wie «nichts geht verloren, nichts kommt von allein». Als ich ihn fragte, wie schnell das wär, fünf Knoten, und ob seine Wanne das halten könnte, war er leicht von den Socken. Dann hat er mir stolz den Geschwindigkeitsmesser unter dem Ruderrad vorgeführt, mit dem Kreiselkompaß, den ihm sein Sohn geschenkt hatte, und dem Echolot, das fürs Fischen mit Reusen anscheinend unentbehrlich ist. Er war einigermaßen zufrieden, als wir ihm die Police aufdrängten, mit der Harlette vorsichtshalber sämtliche Risiken abgedeckt hatte. Und ganz glücklich war Cicco, als er erfuhr, daß der Finne dabeisein würde. Er kannte nämlich dessen Vater von '17/18 her, als die zwei in Gefangenschaft waren. Da hinten, in Albanien, wo es die ganzen Bücher gegeben hatte. Natürlich nicht zum Lesen, sondern zum Rauchen ... Außerdem war der Finne persönlich, dessen Ruf als Spitzenmechaniker sich von Trapani bis Port-Bou erstreckte, eine Gewähr für Sicherheit. Er wußte, wie man mit dem Diesel umging, mit dem dieses Boot bestückt war.

Schon beim letzten Mal, als ich mit den Jungs auf See war, war ich nur knapp am Kittchen vorbeigekommen. Und diesmal hatte ich nicht mit ein paar kleinen Hehlern von Videorecordern zu tun, sondern mit Burschen, die Menschen verhökerten.

Ich kletterte wieder in den Fiat 2300 und setzte den Alten bei Villeneuve Loubet ab. Rechts oben über unseren Köpfen verschwamm der weißschimmernde Turm des Schlosses in einem petrolblauen Himmel.

Ein Stück weiter weg entdeckte ich den verbeulten Plymouth von einem der Kumpels meines Vaters. Dahinter lag eine kleine stillgelegte Fabrik, direkt neben einem Geschäft für Bastelfreunde. Bei alten Fabriken denkt man zwangsläufig an den verlotterten Maschinenpark. Und bei rostigen Maschinen drängt sich der Gedanke an jede Menge Metall auf… Mir war völlig klar, daß hier wieder eine heiße Sache lief. Hoffentlich schleppte mir der Boss nicht noch eine zwei Tonnen schwere Autopresse in die Bude.

Ich legte den Vorwärtsgang ein. Etwas weiter vorn kam die Abzweigung mit dem Tunnel, es sei denn, ich fuhr zurück nach La Colle oder nach… Ich hielt wieder an.

Völlig unschlüssig blieb ich stehen, wo ich war, und dachte nach. Ich kam einfach nicht dahinter, was gut war, was mir paßte und was nicht. Kramte in meinem tiefsten Innern, machte kurze Kasse und stellte fest: das Ding war oberfaul. Vor allem fiel mir auf, daß ich bei der ganzen Sache null Profit hatte, abgesehen von der persönlichen Befriedigung, wenn man mal was zu Ende führt. Abgesehen von der blinden Hilfsbereitschaft für eine Freundin. Abgesehen davon, daß ich Lili spannend fand und nicht wußte, wohin mit der Spannung. Ganz zu schweigen von meinem Namen unter den Verkehrsopfern, Rubrik: überfahrene Hunde… Ich mag Hunde, sie sind der lebende Beweis dafür, daß die Zigeuner sie nicht im Stich ließen, als sie das Türkenreich durchquerten. Aber totgefahrene Hunde, das ist ekelhaft. Vor allem für die Viecher selbst.

Da ich schließlich nicht völlig bescheuert war, mußte ich mir was einfallen lassen. Also hinein in die Gänge.

Ich war froh, daß mir spontan eine Idee gekommen war, hab in Gedanken eine Pirouette gedreht, bei der selbst ein Ballettweltmeister sich die Schnauze poliert hätte.

Sogar Nurejew.

23

Wittgenstein hat gesagt: «So sehr sich auch eine imaginäre Welt von der realen unterscheiden mag, hat sie offensichtlich doch noch etwas – eine Form – mit ihr gemeinsam.»

Ich hatte ihn schon lange nicht mehr gelesen, meinen Witt. Als ob ich ihn nicht mehr «gebraucht» hätte, seit mir diese andere Geschichte passiert war. Als ob er eine Art verzweifelter Hoffnung für normale Zeiten darstellte, eine Ahnung von Gefahr und die Notwendigkeit, manchmal auszuflippen. Ich hab den alten Wittgenstein nie wirklich gerafft, trotzdem spricht er zu mir, zeigt mir die Dinge und wendet sich an irgendwas in mir drin. Ich weiß nicht, was es ist. Eines Tages komm ich dahinter.

Ich hab den Fiat nicht weit vom Polizeirevier abgestellt und mich unbewußt nach allen Seiten umgesehen, als ob ich ein schlechtes Gewissen hätte. Hatte ich wohl auch. Es war höchste Eisenbahn, für die Sicherheit meiner bescheidenen persönlichen Welt zu sorgen, die aus mir, meinem Sohn, aus Lili und meinen Kumpels bestand.

Inspecteur Pollet war im Hause. Er staunte Bauklötze,

als er mich in sein Büro spazieren sah, und guckte in seinen Kalender.

«SCHON WIEDER zu früh, mein Sohn. Du bist erst am 15. dran.»

«Deshalb bin ich nicht hier.»

«Auweia ...»

Er seufzte, lehnte sich in seinem breiten Stuhl zurück und verzog das Gesicht und grinste mich an.

«Schluß mit der Betreuung! Ende! Du bist alt genug, um allein zurechtzukommen!»

«Darum geht's nicht», sagte ich leise.

Auf seinem Schreibtisch lag eine Ausgabe des *Nice-Matin*. Dick vorne drauf das Foto von dem wiedergefundenen Jungen und eine Schlagzeile, die ich nicht gut lesen konnte. Irgendwas in der Art von «Das Geheimnis bleibt ...».

«Ich werde Ihnen eine längere Geschichte erzählen, die Sie sehr interessieren wird. Die Chance Ihres Lebens! Mit der Sache werden Sie die Nummer eins.»

Ich konnt es mir nicht verkneifen, die Indianerhand zu heben und ein donnerndes «Hough!» auszustoßen. Dann hab ich schnell hinzugefügt:

«Nein ... Ehrlich!»

Pollet machte total auf müde. Betont langsam zündete er sich eine Zigarette an, stand auf, schloß die Tür, ging zum Fenster und schaute hinaus. Derweil beobachtete ich, wie die Schwaden seiner Gauloises «Disque bleu» über ihm einen Bauchtanz machten.

Er drehte sich um und setzte sich wieder.

«Ich höre», sagte er nachsichtig. «Aber ich warne dich – wenn du wirklich mit mir Räuber und Gendarm spielen willst, dann aber richtig ... Egal, was passiert, ich bin Buffalo Bill! Und ich werd dich mit dem Absatz in deinen Wigwam treten, ich werd dein ganzes Reservat mit einem Molotowcocktail abflämmen und nicht mal davor zurückschrecken, deine Squaw zu vergewaltigen ...»

24

Der alte Xerxes hätte es nicht besser machen können... Seit achtundvierzig Stunden hatten wir Vorbereitungen getroffen, als ob wir gegen eine ganze Armee ziehen müßten. In der stillen Hoffnung, uns in Wirklichkeit höchstens mit ein paar müden Kriegern – vielleicht etwas heftig – anlegen zu müssen, mit einer Bande, die zu blöd war, irgendwas zu kapieren, die eigene Gemeinheit eingeschlossen.

Harlette hatte zwei Schrotflinten und reichlich Schrotkugeln mitgebracht, was mich spontan an meinen Besuch bei Pollet erinnerte, wovon ich den anderen nichts erzählt hatte. Ich glaube, es war ein Treffer. Pollet hatte mich mit großen Augen angeglotzt. Er schien zu denken, daß ich nicht so abgefuckt oder nervenstark sein könnte, um mir eine derartige Story auszudenken. Ohne Kommentar hatte er sich Notizen gemacht und mich die Umstände des vereinbarten Treffens noch mal wiederholen lassen. Dann sagte er lediglich: «Kann nicht wahr sein!» und setzte mich vor die Tür.

Der Finne trug eine 22er im Westernstil. Ich mußte wieder an Pollet denken.

Außerdem hatte Marco ein batteriebetriebenes UKW-Radio mitgebracht. Für den Fall, daß wir uns auf See verirren, meinte er fröhlich. Ein echter Scherzkeks. Wir sind noch mal den Schlachtplan durchgegangen: Oben an Deck sollten sich nur Anna und der Finne sehen lassen, während alle andern sich unten versteckten, bis an die Zähne bewaffnet und jederzeit bereit, aus den beiden Luken aufzutauchen. Sobald Anna nach unten kam, um Zoltan zu holen, würden wir nach oben düsen und die Bande mit den Knarren in Schach halten. Harlette, der Finne und ich wollten dann rüber auf das andere Boot, Lili sollte an Deck warten und dafür sorgen, daß Anna keinen Mucks machte. Wenn sie ausflippte, erwartete sie eine volle Ladung in die Kniekehlen und – wie Liliane ihr ausmalte – eine fabelhafte Zukunft im Behinderten-Knast. Alles weitere wollten wir von der Situation abhängig machen.

Um sieben Uhr abends standen alle bereit, fix und foxi mit den Nerven. Henri nahm mich beiseite und bat mich, mit in den Keller zu gehen, um eine gute Flasche auszusuchen. Wir brauchten dringend eine leichte Spritze, meinte er, weil Alkohol bekanntlich Mut machte.

Während ich unten in dem kühlen Halbdunkel die Flaschen inspizierte und einen weißen Cassis, Jahrgang '82, rausfischte, zog Henri eine Kiste unter einem Haufen alter Papiere hervor und reichte sie mir. Ich öffnete sie und entdeckte ein mit alten, leicht fettigen Lappen umwickeltes Bündel. War wie im Kino, wie in *Dillinger ist tot,* ein Lieblingsfilm von mir, wo ein Typ abends nach Hause kommt und seine Frau mit Migräne im Bett findet. Weil das Essen, was sie vorbereitet hat, aussieht wie Katzenfutter, beschließt er, sich was Anständiges zu brutzeln. Er kocht die halbe Nacht, und wie er so nach

Zutaten sucht, findet er einen ollen Revolver, den er repariert und dann mit dem Öl einfettet, das er auch für seine Salatsauce genommen hat. Danach streicht er die Waffe rot an und malt weiße Tupfen drauf. Er verdrückt sein Essen. Es ist hervorragend. Gegen Morgen nimmt er den Revolver, tötet seine Frau und türmt nach Tahiti.

Mit anderen Worten: Henri hatte mir eine Pistole anvertraut. Ganz stolz, weil es die von seinem Vater war, ein 45er Colt, den sein Alter nach der Landung bei Drammont einem Ami geklemmt hatte. Das Ding war schwer, dick und sah furchterregend aus. Dazu gab es zwei Magazine Munition.

«Er funktioniert», sagte Henri, «aber gib acht auf deine Faust, deinen Ellbogen und die Schulter. Der hat einen Rückstoß wie eine Haubitze ...»

«Glaubst du, ich werd ihn brauchen?» fragte ich. Ich hatte plötzlich einen Knoten im Hals. Immerhin, das Ding war eine Kriegswaffe. Waren wir etwa im Krieg?

«Hör mal, mit ein bißchen Haue wirst du die Drecksäcke wohl kaum daran hindern, ihre Milliönchen zu machen ...»

Er hatte recht. Wir vergaßen immer wieder, daß es um echte Summen ging und daß Geld die Menschen dazu brachte, die krummsten Dinger zu drehn.

Gegen acht Uhr sind Harlette und ich aufgebrochen. Wir haben einen Happen gegessen und Zoltan mitgenommen. Er war total aus dem Häuschen und hatte sich in ein knackegelbes T-Shirt geworfen, passend zu seinen Haaren.

Stumm wie die Fische sind wir zum Hafen von Antibes gerauscht und haben uns in das Boot geschwungen, in dem es leicht nach Diesel roch. Zoltan würde uns wahrscheinlich munter auf die Figur kübeln, sobald der

Eimer losschaukelte. Für den Augenblick mußten wir in der Kabine bleiben, man wußte nie, draußen konnte sich irgendwer rumtreiben. Aus diesem Grund sollte der Finne auch mit einem dicken Paket hier antanzen, und die beiden Frauen würden Seite an Seite gehn, wie die besten Freundinnen.

Ich war völlig runter mit den Nerven, und von Zeit zu Zeit schlotterten mir ganz unmotiviert die Knie. Auch Harlette, der sich bis jetzt so ruhig und heiter gegeben hatte, war etwas blaß geworden, und auf seiner breiten Stirnglatze schimmerte es feucht von saurem Schweiß. Er hatte sich übrigens in die Kluft geworfen, die er normalerweise zum Rasenmähen trug, der einzigen körperlichen Strapaze, die er sich zu Hause zumutete.

Ich flößte Zoltan ein Beruhigungsmittel ein, damit er etwas schlief und sich still verhielt. Dann warteten wir unter der hölzernen Anlegebrücke auf das Hereinbrechen der Nacht, ließen uns leise schaukeln von einem Meer, das so flach und ölig wirkte wie ein Wodka frappé. Wir hatten uns eine halbe Flasche Tequila, Salz und grüne Zitronen mitgebracht, ein etwas unangebrachter, aber höchst effizienter Luxus. Ich jedenfalls brauchte das jetzt, denn als ich ins Boot kletterte, hatte ich mich vergeblich nach meinem Polizeischutz umgesehen. Keinerlei verdeckte Truppenbewegungen. Meine Story hatte nicht gezogen, Pollet hatte mich offenbar auflaufen lassen.

Harlette kippte nacheinander zwei kleine Gläser Tequila und schnalzte mit der Zunge:

«Das sollte mir mal der Onkel Doktor zum Frühstück verschreiben!»

Zoltan hatte sich auf einer rauhen Decke ausgestreckt und war, völlig erschöpft, sofort eingeschlafen. Vorher hatte er sich noch die Zeit genommen, mir von drei gußeisernen Herden zu erzählen, die er und der liebe Opa mit dem Hammer zerlegt hatten.

Wir haben uns weiter mit dem Tequila beschäftigt. Die Taschenlampe warf einen fahlen Schein in die Runde, echt piratenmäßig. Ich schwitzte dicke Tropfen. Die Angst konnt ich zwar runterwürgen, aber nicht die Hitze. Scheißsommer.

Von den Jachten, diesen Luxuslinern, die etwas weiter weg vertäut waren und die sich nie aus dem Hafen wegrührten, hörten wir Gelächter. Man konnte sie sich leicht vorstellen, die lächelnden, glücklichen, sonnenüberdrüssigen Reichen, wie sie miteinander tanzten, dicht an dicht.

«Verdammt, wenn das vorbei ist, fahren wir weg und machen Ferien!» sagte Harlette.

Inzwischen war er also auch soweit, fühlte sich auch in der Eieruhr. Außerdem erinnerte ihn das Ganze wohl an die Dinger, die er in seiner Jugend gedrehte hatte, wenn er mit seinen Kumpels auf den Einsatz wartete, um die Polypen anzugreifen…

Er konnte offenbar Gedanken lesen:

«Was wir tun, ist total unverantwortlich… Das ist ja das Schöne!»

*
* *

Viertel vor zehn rollte der Fiat an, klar erkennbar an seinem typischen Röhren. Liliane erschien und hielt Anna am Arm. Der Finne trug sein dickes Paket mit den Gewehren.

Ich steckte den Kopf durch die mittlere Luke und schaute hinüber zum Hafen. Nicht viel Betrieb, außer ein paar Leuten, die eben vom Essen kamen und zurückgingen zu ihren schwimmenden Luxusherbergen. Nirgendwo ein Auto, das nicht hierhergehörte. Nirgendwo auch nur der Schatten eines Polizisten. Liliane und Anna stiegen aufs Boot, der Finne ließ schon den Diesel warmlaufen, ging zurück zum Wagen und holte einen Kanister Benzin.

Niemand sagte ein Wort. Nur ein paar entfernte Klänge waren zu hören und das Klacken der Segeldrähte an den metallenen Masten. Und von weit her der Lärm der Stadt.

Der Finne löste die Leinen. Der Motor startete auf Anhieb, und der schwere Kahn trennte sich von seinem Ponton. Der Finne griff das Ruder, und wir nahmen Kurs auf die Fahrrinne. Links von uns eine dunkle und abweisende Masse, die Festung Vauban.

Pünktlich um zehn Uhr machte der Finne eine Wende um 90 Grad, schaltete die Signalfeuer ein und drosselte den Motor auf fünf Knoten. Das Meer war fast eben, und brav legte sich unser Boot ins Zeug, jeder noch so winzigen Gegenwelle zu trotzen.

Es schien kein Mond.

Aber deshalb fühlte ich mich keine Spur besser.

25

Ob wir Wind hatten? Sehr wenig, nur eine leichte nächtliche Brise. Unser gut geölter und perfekt eingestellter Viertakter schlug den Rhythmus zur Fahrt. Der Finne fixierte den Geschwindigkeitsmesser mit der Besessenheit eines Videospielsüchtigen, er hielt die fünf Knoten genau ein, und sein Körper schien nur noch aus einem Auge und einer Hand zu bestehen. Ich sah auf meine Uhr. Seit fünfundvierzig Minuten platschte das Boot vorwärts durch die Wellen. Die Lichter auf dem Festland hatten ihren matten Schein verloren und funkelten jetzt nur noch schwach.

Es wurde immer schwärzer um uns herum, der einzige helle Fleck in dieser Finsternis war das weiße T-Shirt, das der Finne unter seinem Lederzeug trug. Anna saß neben der Ruderpinne, wie in Trance. Offenbar wurde ihr erst jetzt das Ungeheuerliche ihrer Lage bewußt. Sie war umgekippt, eine Verräterin, und gleichzeitig setzte sie ihr Leben aufs Spiel. Ihr Typ hatte sich aus dem Staub gemacht, und allein konnte sie uns nicht ausschalten. Welche Hoffnung blieb ihr also noch?

Der Gedanke an den Zuhälter brachte mich, wie immer, total in Streß, und mir kam die Gänsehaut. Wenn er nun doch nicht tot, sondern nur bewußtlos gewesen war?

Und wenn er nun plötzlich zu sich gekommen wäre, unter Wasser, in seinem Eisenkäfig? Wie auch immer, jetzt hatte er's hinter sich.

Wir hatten jemanden getötet, und wir waren dieselben geblieben. Nichts hatte sich geändert. Der Tod war eine Episode, und das Leben würde furchtbar werden. Bald.

*
* *

Sie fühlte nichts mehr, war wie leblos. Das alles mußte ein Irrtum sein, eine Farce. Alles war plötzlich so einfach... Warum? Weil Männer bei ihr waren? Vielleicht. Aber diese Männer sahen so aus, als hätten sie sich nur auf ein Spiel eingelassen, ein vergnügliches Spiel mit einem entlegenen Feuer. Ein Spiel? Zoj hatte sein Kind «ausgeliehen», wie für ein Theaterstück, über dessen Konsequenzen er sich nicht klar zu sein schien. Um so besser, sonst hätte er sich geweigert, hätte das nicht auf sich genommen in der ihm eigenen Anständigkeit. Er hatte schon kaum die Geständnisse von dieser Nutte ertragen, die bald da unten im Wasser mit ihren Artgenossen, diesen Piranhas, Wiedersehen feiern konnte, aufgeschlitzt von dem Skalpell, das sie, Liliane, mit Heftpflaster im Ärmel versteckt sich auf den Arm geklebt hatte. Wirklich, sie machten sich das alles nicht klar. Sie spielten. Mit ihren Worten, mit ihren Gesten, ihrer gelangweilten Haltung, ihrer lächerlichen Selbsteinschätzung, einer deprimierten Frau die Hilfe nicht verweigern zu können. Vor allem den anderen Männern gegenüber. Und was erwarteten sie von ihr? Ein freundliches Lächeln zum Dank? Einen Händedruck? Die Auslieferung an die Polizei? Und was war mit dem Typen, den sie umgebracht hatte? Ob sie das etwa für eine kleine Übungsvorstellung hielten?

Sie faßte mit ihrer Linken an die Klinge und unterdrückte ein heftiges Bedürfnis, sich zu übergeben.

«Wie lange?» fragte sie Zoj, der sofort auf seine Uhr sah.

«Dreiundsechzig Minuten... Bleiben nur noch zwölf...»

Siebzig Minuten waren verstrichen. Tiefschwarz und undurchdringlich war die Nacht. Vorhang. Das Fischerboot fuhr immer weiter, als ob sein Motor nicht mehr zu halten wäre.

Harlette hatte eins der Gewehre an sich genommen, drei Patronen eingelegt und unter der vorderen Luke Posten bezogen. Zoltan zuckte nervös in seinem künstlich herbeigeführten Schlaf. Zoj war unruhig und faßte verstohlen nach hinten an die Pistole, die unter seinem Wollpullover steckte. Lilianes große Augen waren weit geöffnet.

Sie warteten auf Phantome, auf etwas Unbestimmtes. Unbestimmt wie ihre Angst, die sich nur auf die Möglichkeit richtete, daß es ernst werden könnte.

Nur die Frauen auf diesem Boot reagierten wie Erwachsene, mit starkem Blasendrang.

*
* *

«Fünfundsiebzig!» meldete ich.

Der Finne stoppte die Maschine. Plötzlich hatten wir das Gefühl, jemand hätte uns Watte in die Ohren gestopft. Die totale Stille. Dann, nach und nach, drangen wieder schwache Laute zu uns. Zuerst die Geräusche, die von den Bewegungen des Schiffes ausgingen, dann die kleinen Schnarcher von Zoltan. Harlette, der sich kratzte, und das Quietschen der Turnschuhe auf den

Holzplanken, als sich der Finne langsam vom Ruder fortbewegte. Anna, die, durchnäßt von Gischt und starr vor Schrecken, mit den Zähnen klapperte. Und mein Herz, das laut schlug.

Nur Lili, die bloß noch aus Mordgedanken bestand, gab keinen Laut von sich.

Ich trat näher an die geöffnete Luke. Draußen ein schwarzer, dichter Schleier. Das Klatschen der Wellen. Ich hörte den Finnen mit leisen Schritten ans Ruder zurückgehen.

«Nichts zu sehen», hauchte er. «Rein gar nichts ...»

Ohne Halt schaukelte der große Kahn hin und her wie ein schwerer Korken. Mir wurde allmählich übel, Schweiß trat mir auf die Stirn.

«Da, die Luken»!» sagte Marco. «Da drin ist Licht. Ungefähr hundert Meter weiter ... ein Schiff ...»

Anna gab ein tiefes Stöhnen von sich. Es war schrecklich. Plötzlich war alles wieder da – die Spannung, die Angst, der Gedanke an den Tod.

«Immer ruhig bleiben», sagte Liliane, «vergeßt nicht, weshalb wir hier sind ...»

Harlette ließ den Sicherungsbolzen seines Gewehrs zurückschnappen. Ich zog den Colt heraus, und der Finne legte seine 22er griffbereit auf die Ruderbank.

«Und was mach ich jetzt?» fragte er.

«Du läßt den Motor wieder an und fährst drauf zu. Ganz langsam ...»

Wieder klang uns das regelmäßige Tuckern in den Ohren. Rollend setzte sich das Boot in Bewegung. Mit Lilianes Hilfe drapierten wir Zoltan direkt an der Luke gut sichtbar auf seiner Decke. Dann stellten wir uns hinter der kleinen Holztreppe auf, ungefähr unter dem Ruder. Der Finne pfiff durch die Zähne:

«Donnerwetter, was für ein Kahn ...»

Harlette riskierte ein Auge durch die Vorderluke:

«Eine Jacht, ein Riesenbrummer. Hochseetüchtig ...»

Scheinwerfer flammten auf, und wie unter einem Schock stand unser Motor plötzlich still. Das Boot glitt langsam weiter. Für einen kurzen Augenblick. Ein Jahrhundert ... Dann prallten wir irgendwo auf. Das Kratzen eines Schiffshakens. Und nun eine Stimme:

«Keine Probleme?»

*
* *

Zwei Matrosen lehnten sich über die Reling der Jacht. Einer der beiden hielt unser Boot am Haken. Ein Stück dahinter, unter dem Laufgang, stand ein weiterer Mann, in weißem T-Shirt und Badehose. Er betrachtete Anna und den Finnen.

«Keine Probleme?»

Eine dunkle, klangvolle Stimme. Der Finne schluckte schwer und sagte:

«Ein Blondchen, wie besprochen.»

Der zweite Matrose kletterte über die Stahldrähte der Reling und sprang auf das Fischerboot. Durch die Lukenöffnung erblickte er Zoltan und gab seinem Boss ein Zeichen der Zustimmung. Darauf erloschen die Scheinwerfer der Jacht, nur noch das Licht aus den Luken fiel auf die makabre Transaktion.

«Hilf ihm, Anna», sagte der Finne ziemlich laut.

Doch Anna antwortete nicht. Alle schauten plötzlich nach rechts in das große schwarze Loch der offenen See. Irgendwo, in nächster Nähe, war eben donnernd ein schwerer Motor angesprungen.

Der Matrose stand unschlüssig da.

«Verzieh dich!» brüllte der Typ in der Badehose, der

plötzlich ein Maschinengewehr in der Hand hatte. Der Finne sah das, hechtete auf den Rücken des Matrosen und stieß ihn vorwärts in die Kajüte. Die erste Gewehrsalve fegte über den Ruderstand und über Anna. Mit offenem Mund brach sie zusammen, die Augen tränenüberströmt, die Haare schwarz und rot in ihrem zertrümmerten Schädel.

Unter Deck hatten Zoj und der Finne den Matrosen mit dem Gewehrkolben niedergeschlagen. Dann war Zoj sehr schnell zu Zoltan und hatte ihn im Heck des Bootes hingelegt. Vorne war Harlette mit dem Oberkörper aus seiner Luke geschossen wie ein Teufel, den die Hölle nur zur Hälfte ausstoßen will. Dreimal feuerte er seine Kanone ab, traf voll den Matrosen mit dem Schiffshaken und beförderte ihn ins laue Meer. Dann erschien er wieder unter Deck:

«Da draußen sind noch viel mehr. Mengen!» sagte er und lud zitternd sein Gewehr neu.

Über ihnen wurde das Heulen des Motors stärker. Sie hörten eine zweite Maschinengewehrgarbe und Schreie. Scheinwerfer beleuchteten plötzlich die Szene.

«Die Polypen!» schrie Zoj begeistert.

«Bist du blöde oder was?» brüllte der Finne.

In diesem Moment ging der Feuerzauber richtig los. Holzsplitter flogen in das Innere des Kahns, und der Lärm der Kugeln, die in die Jacht einschlugen, klang wie ein schrilles Harfenkonzert. Sie lagen alle auf den Planken, die Hände schützend über den Köpfen, bedeckt von Holzstaub.

Dann war nichts mehr zu hören.

Liliane steckte vorsichtig den kreidebleichen Kopf aus der Luke.

Auf der Jacht standen Leute mit erhobenen Händen,

zwei Gestalten lagen blutüberströmt am Boden. Der Körper des Matrosen trieb auf dem Wasser, eingezwängt zwischen den beiden Schiffen. Rechts ein graues hellerleuchtetes Schnellboot, die Polizei. Nur fünf Meter von dem Fischerkahn entfernt ragte der Bug des grauen, erleuchteten Polizeibootes bedrohlich auf, als wolle er alles entzweischneiden. Brüllen und Rufe von allen Seiten – von dem Fischerkahn, von der Jacht und von dem Schnellboot.

Wie von Sinnen, berauscht von Zorn, vom Vergessen, vom Warten, einen blauen Schleier vor Augen und nur auf eine Sache noch fixiert, zog sich Lili an den Stahltauen der Reling hoch und sprang an Deck der Jacht. In ihrem Kopf hatte sich eine große Stille ausgebreitet. Sie trat zu dem Mann in der schwarzen Badehose. Geblendet von den Scheinwerfern, die Schulter deformiert und blutig vom Einschlag einer Kugel, schaute er auf die Maschinenpistole, die zu seinen Füßen lag. Dann entdeckte er Liliane und das Skalpell, das sie in ihrer Hand hielt. Er wurde starr, seine Schulter war wie festgewachsen an den hölzernen Deckplanken.

Mit schneller und sicherer Hand zog Liliane dem Widerling die Hose herunter und setzte das Messer an. Ein Stück Geschlecht fiel auf den Boden, es klang wie das Plumpsen einer Qualle.

Erst als die Polizisten sich auf sie stürzten und sie ohrfeigten, nahm Liliane wieder wahr, was um sie herum vorging. Sie schaute hinüber zu dem Fischerkahn, auf der Suche nach einem Blick, nach einem Zeichen des Beifalls. Was sie entdeckte, ließ ihr Herz für alle Zeit erstarren.

Zoj stand auf der Brücke, in Tränen aufgelöst. Er sah sie an mit einer Verzweiflung im Blick, die sie nie für möglich gehalten hätte. In seinen Armen hielt er den schmalen Körper von Zoltan, dessen gelbes Hemdchen blutbefleckt war. Er trug ihn so sachte, als wäre er ein kleiner Jockey, der sich bei einem Sturz die Glieder verrenkt hatte.

26

Begleitet von zwei Polizisten, wartete Liliane auf die Ankunft der Passagiere. Von draußen fiel das grelle Tageslicht in blauen Streifen auf ihre Gestalt. Sie trug das schöne rote Kleid, das ihr Sohn so an ihr gemocht hatte. Vor langer Zeit. Vor zu langer Zeit …

Seit zwanzig Tagen, seit jener schrecklichen Nacht auf See, fühlte sie sich wie leblos. Eine Art Krampf hatte ganz von ihr Besitz ergriffen, sie hatte kaum wahrgenommen, was sich danach alles ereignete. Die Polizisten, die Presse, das Ende des Menschenhandels, die Verhaftungen, die Gruppen, die mit Hilfe von *Nice-Matin* versucht hatten, Druck auszuüben und die Faust der Justiz zu lockern, in endlosen Debatten über die Legitimität der Selbstverteidigung. Mehrere Männer waren umgekommen, und ein kleiner Junge war von einer verirrten Kugel getötet worden, man versuchte, die Schuld den anderen anzulasten. Aber es blieb ein beschämendes Gefühl. Die Helden bluteten, und das Land hatte geweint unter dem Schock. Jetzt gingen die Dinge fast wieder ihren alten Gang, und vielleicht würden die Auflagen der Haftverschonung bald entfallen. Ein wenig Leben stieg in die Wangen der jungen Frau.

Die Polizisten hatten die Presse und die Neugierigen

auf die andere Seite der Glastüren getrieben. Liliane begann zu schluchzen, als die Tür aufging und die ersten Passagiere herauskamen. Zwei streng aussehende Männer erschienen, in ihrer Mitte eine Krankenschwester und ein kleiner Junge.

Liliane sank auf die Knie und nahm ihren Sohn in die Arme. Sie wagte nicht zu atmen, endlich hatte sie ihn wieder. Aber seltsamerweise dachte sie an etwas anderes. Beruhigt von dem duftenden, greifbaren Etwas, das sie fest im Arm hielt, dachte sie an die schwere Aufgabe, die vor ihr lag. Ihre einzige Aufgabe, ihr einziges Ziel. Sie würde Zeit dafür brauchen, aber sie würde es erreichen. Mit viel Geduld, Verführung, Sanftmut, Verhandlungsgeschick und auch mit Gewalt. Sie mußte den Haß und die Erinnerungen der Zeit ins Maul stopfen.

Das einzige, was sie jetzt tun konnte, das einzige, was sie Zoj zu geben hatte, war das, was er eben verloren hatte.

Endlich sah sie ihn an, ihren Sohn, und gab ihm einen Kuß auf die Nase.

> *Die menschliche Lebenseinstellung ist wie unsere Sprache, sie hängt von einer dünnen Prägung ab wie dem Alphabet. Vielleicht leben wir nur für 26 Jahre, 26 Briefe, 26 Kapitel, und vielleicht beginnen die Grenzen unserer Welt zu jedem Augenblick bei a und enden bei z. Oder aber sie beginnen vielmehr bei a und enden bei a, beginnen erneut bei b und enden bei b usw.*
>
> Ludwig Wittgenstein

In der Reihe «auf abwegen» sind bisher u. a. erschienen:

Jean-Patrick Manchette
Volles Leichenhaus
ISBN 3-923208-43-X

Jean-Patrick Manchette
Knüppeldick
ISBN 3-923208-44-8

Jean-Patrick Manchette
Fatal
ISBN 3-923208-47-2

Jean-Patrick Manchette
Blutprinzessin
ISBN 3-923208-49-9

Chantal Pelletier
Der Bocksgesang
ISBN 3-923208-53-7

Chantal Pelletier
Eros und Thalasso
ISBN 3-923208-46-4

Jean-Bernard Pouy
Engelfänger
ISBN 3-923208-57-X

Jean-Bernard Pouy
Die Schöne von Fontenay
ISBN 3-923208-48-0

Jean-Bernard Pouy
Larchmütz 5632
ISBN 3-923208-45-6

Thierry Jonquet
Die Goldgräber
ISBN 3-923208-51-0

Serge Preuss
Einverständnis vorausgesetzt
ISBN 3-923208-50-2

Laurence Démonio
Eine Art Engel
ISBN 3-923208-40-5

Jordi Sierra i Fabra
Tod in Havanna
ISBN 3-923208-42-1

Roberto Estrada Bourgeios
Ein Modigliani aus Kuba
ISBN 3-923208-53-7

August Gödecke
Die Pest der Gewalt
ISBN 3-923208-41-3

In Vorbereitung:

Pascale Fonteneau
Die verlorenen Söhne der Sylvie Derijke
ISBN 3-923208-52-9

Sylvie Granotier
Dodo
ISBN 3-923208-54-5